Die Welt zum Zittern bringen,
nur weil man da ist

Anja Kömmerling und Thomas Brinx erzählen Geschichten wie das Leben – mit Ecken und Kanten, Höhen und Tiefen, gerne über Menschen, die anders sind und nicht ganz ins System passen. Bis heute in über 40 BücherVitan, Märchenfilmen, Krimis und Komödien für Kino und Fernsehen. Ihr Thienemann-Jugendbuch »Neumond« wurde mit der Segeberger Feder ausgezeichnet.

Mehr über unsere Bücher, Autor*innen und Illustrator*innen auf: www.thienemann.de

Brinx / Kömmerling:
Die Welt zum Zittern bringen, nur weil man da ist
ISBN 978 3 522 20265 7

Umschlaggestaltung: Formlabor unter Verwendung von Bildern von Shutterstock.com (vectortwins, helenreveur, Feaspb)
Innentypografie: Kadja Gericke
Reproduktion: DIGIZWO GbR, Stuttgart
Druck und Bindung: GGP Media GmbH, Pößneck

© 2022 Thienemann
in der Thienemann-Esslinger Verlag GmbH, Stuttgart
Printed in Germany. Alle Rechte vorbehalten.

BRINX · KÖMMERLING

DIE WELT ZUM ZITTERN BRINGEN, NUR WEIL MAN DA IST

THIENEMANN

den Figuren in den Wolken. Wenn Marie einen Drachen sieht, dann sieht Mama ihn auch, sie sieht einen buckligen Zwerg, natürlich, ja, da ist er.
Es ist still, die Stille, wenn nur der Wald lebt.

Marie kletterte durch die Bäume. Von Ast zu Ast, dann einen Baum weiter, ein kleiner Sprung zum nächsten. Sie kannte sie alle, jeden Weg durch ihre Zweige und duftenden Stämme, nur das Rascheln der Blätter war zu hören.
Aber die hatten sich verfärbt. Das saftige Grün war langsam in gelb, rot und braun übergegangen und in den Nächten wurde es schneller kalt. Sie wusste, demnächst würde sie Schuhe anziehen müssen, ihre Füße einsperren und das Klettern neu üben. Die Gute hatte ihr einen Schlafsack mitgebracht. Der würde Marie im Heimatbaum vor der Kälte schützen. Als sie ihn erreichte, legte sie ihre Hand an seinen Stamm zur Begrüßung. »Hallo Baum!« Er antwortete freundlich. Marie ließ sich in ihrem Nest nieder, der Mulde, die drei Äste bildeten, und knetete ihre Füße. Sie sollten warm werden. Von selbst, ohne Schuhe. Sie dachte, Schuhe wären für ihre Füße wie Wände für sie selbst. Und Wände konnte Marie nicht ertragen. Keine Wände, keinen Boden. Keine Begrenzungen. Sie hatte es ja versucht, nach dem einen Tag, als das Verhängnis sein Leben verlor.
Die Karierte hatte Marie aus dem Haus geführt

und seitdem war sie nicht mehr hineingegangen. Niemand. Es war ein Mörderhaus, ein Haus voller Unglück, ein Haus, das jeden in die Tiefe zog. Zu so einem Haus war es geworden, an diesem einen Tag. Manchmal kletterte Marie über die Bäume den Hügel hinab, um es von Weitem zu betrachten. Vielleicht auch, um sich zu erinnern, was es für ein Haus gewesen war, als das Verhängnis noch nicht darin lebte, nur Marie, die Mutter und ihre ältere Schwester. Die so schreckliche Gruselgeschichten erzählen konnte, dass die damals kleine Marie nie mehr unter der Bettdecke hervorkriechen wollte. Die sie vor den anderen beschützen konnte, den Schweigerzwillingen zum Beispiel, der Lehrerin, die Marie nicht verstand, auch vor Blitzen, wenn sie zu schnell hintereinanderfolgten und man nicht mal anfangen konnte, bis zum Donner zu zählen.

Nicht vor dem Verhängnis. Gegen das Verhängnis hatte keiner eine Chance und die Schwester war einfach gegangen. Vor dem einen Tag.

Die Karierte bemühte sich wirklich einen Platz für Marie zu finden. Etwas, wo sie wohnen konnte, wo jemand auf sie aufpasste, einen sicheren Ort. Aber Marie konnte die Wände nicht aushalten. Weder bei der Pflegefamilie eins, noch im Heim, noch bei Pflegefamilie zwei, drei und vier. Sie ertrug es nicht, die Wände bedrohten sie, sperrten sie ein und wenn das

Rot kam, gab es keinen Weg zu fliehen. Marie konnte nur weglaufen, konnte es nicht erklären, als ob man über das Rot sprechen durfte, tu das nicht, sprich niemals über das Rot.

Die Karierte wurde ungeduldig und Marie immer wieder von der Polizei eingefangen.
»Was soll ich denn mit dir machen, Marie? Hm? Wie stellst du dir das vor? Was willst du denn? Du bist gerade erst 15 Jahre alt und kannst nicht alleine irgendwo leben.«
Pflegefamilie fünf. Sie war nett, die fünfte, sie gab sich Mühe. Marie durfte draußen schlafen und als es regnete, bekam sie ein Zelt. Als ob das Rot nicht in Zelte käme! Als ob Zelte keine Wände hätten! Als würden sie nicht auf dem Boden stehen! Ungeschützt. Marie blieb draußen, wurde nass und krank. Sie sehnte sich nach ihrer Mutter, ihrem fliegenden Rock, den Handtaschen, ihren Liedern und dem Lachen. Mit dem Lachen hatte sie alle verzaubern können. Simsalabim, verzauberlacht.

Auch das Verhängnis. Und dann bald niemanden mehr. Sie hatte nichts mehr zu lachen gehabt.
Maries Füße fühlten sich jetzt warm an. In den Zehen kribbelte es ein bisschen, wie es kribbelt, wenn Wärme auf Kälte trifft.
Aus den Augenwinkeln sah sie eine Bewegung. Sie war klein und flüchtig, und Marie wusste, es

konnte nicht das Rot sein, das war niemals klein und machte immer Geräusche. Eichhorn war leise und schnell. Stets auf der Hut. Wie Marie. Es wollte nicht zu ihr kommen, viel zu gefährlich, aber es war neugierig, viel zu neugierig für sich selbst. Seit dem Frühling waren sie ein wenig vertrauter miteinander geworden und Marie hatte gelernt, wie sie Eichhorns Neugier ausnutzen konnte. Ausnutzen für Nähe, für eine flüchtige weiche Berührung an ihrem nackten Bein, für ein kleines, flüsterndes Gespräch zwischen Freunden.

Nicht in die Augen gucken! Fressbares unauffällig herumliegen lassen! So tun, als wäre sie nicht da oder zumindest bewegungsunfähig! Eichhorn setzte sich in einiger Entfernung auf, schaute Marie aus den schwarzen Kugeln an, die seine Augen waren, und wackelte mit der Nase beim aufgeregten Atmen.

»Hallo, Eichhorn, wie geht es dir heute?«

Eichhorn konnte nicht klagen.

»Hast du genug Proviant für den Winter gesammelt?«

Eichhorn hatte noch jede Menge zu tun.

»Ich frage die Gute, vielleicht kann sie das nächste Mal was für dich mitbringen.«

Eichhorn war einverstanden und sprang davon. Er war ein Freund, wie einige wenige, die auf Maries Seite standen. So wie die Gute.

Bei der Fünften lag Marie krank im Bett und fieberte nach ihrer Mutter, nach früher. Das Bett stand zwischen Wänden auf dem Boden, das Rot nutzte das aus. Auch wenn Marie es nicht sah, hörte sie es grollen, konnte sie fühlen, wie es sich zusammenbraute. Sie wollte es ja schaffen, sie wollte die fünfte Mutter nicht verletzen, die alles tat, damit Marie wieder gesund wurde, deren Nähe sie aber kaum ertragen konnte.

In der Nacht lief sie davon. Mit dem, was sie anhatte, und mit der großen Handtasche von Mama, deren Schnallen aussahen wie Elefantenköpfe, der Henkel eine gelbe, mittlerweile ausgefranste Kordel und nichts Rotes dran. Sie lief die große Straße entlang Richtung der kleinen Stadt auf dem Hügel, in der sie aufgewachsen war.

Sicher, die Polizei und die Karierte würden müde lächeln, sie vielleicht für ein bisschen dumm halten und genau dort wiederfinden. Denn Marie lief immer nach Hause zurück. Wohin auch sonst? Nicht zu dem Haus, nein, da nicht hin, aber in die Bushaltestelle, die war wenigstens nach vorne offen, auf den Schrottplatz oder eine Laube in irgendeinem Garten von irgendjemandem. Sie lief die ganze Nacht und schon von Weitem konnte sie diesen Hügel sehen mit den dunklen, verschlafenen Einfamilienhäusern und den vielen Bäumen, die die ganze kleine Stadt durchzogen. Darauf waren sie stolz. Die Stadt der

Bäume. Radfahrer machten extra ihre Tour dorthin, aaah, die Stadt der Bäume, es gab einen Baumbeauftragten, der sich um alles kümmerte, und natürlich war es ein Baum, der im Stadtwappen zu sehen war. Der Ahorn.

Marie konnte ihn perfekt zeichnen und hatte in der Schule viel Lob für ihr Talent geerntet. Immer hatte sie sich gefragt, welcher der vielen Ahornbäume die Ehre gehabt hatte, im Wappen verewigt worden zu sein, und sie glaubte nach langer Suche mit der Mutter, die Antwort gefunden zu haben. Den größten Ahorn mit dicken Ästen hoch hinaus und weit verzweigt. Er stand etwas am Rand, abseits, am Beginn des echten Waldes, direkt nach dem Hügel. Zu diesem Baum lief sie in dieser Nacht. Er war ihr eingefallen, als hätte er ihr gewunken, und sie ärgerte sich ein bisschen, erst so spät hingeschaut zu haben. Sie stellte vorsichtig die Elefantentasche ab und legte ihre Hände auf den Stamm, die Rinde, die ihr beinahe warm vorkam, aber das war vielleicht nur Einbildung. Sie bat ihn um Erlaubnis, auf ihm wohnen zu dürfen, als letzter und optimaler Lebensort für sie, und er erteilte ihr diese in seiner ganzen, alten Baumgüte.

Es war nicht einfach, Heimatbaum, der er werden sollte, zu erklimmen, die ersten Äste begannen viel zu weit oben.

Doch Marie war eine der besten Turnerinnen in

ihrer Altersgruppe gewesen. Bevor das Verhängnis gekommen war und derartige Hobbys für unnötig erklärt hatte. Sie konnte und sie wollte. Mit aller Kraft, die Handtasche eng am Körper, zog sie sich auf den ersten Ast und kletterte dann höher und höher, benutzte Äste, Zweige, Gabelungen, bis sie zu dieser breiten Mulde gelangte, die sich wie von selbst aus drei dicken Ästen gebildet hatte. In dieser Mulde konnte man bequem sitzen. Man war von allen Seiten geschützt und konnte nicht fallen. Auch nicht, wenn man einschlief.

»Danke«, flüsterte Marie, kauerte sich in die warme Baumkuhle und schaute durch das grüne Blätterdach in die Sterne.

Seit dieser Nacht war sie nicht mehr heruntergekommen. Ihre Füße hatten den Boden nicht mehr berührt.

Und das verdankte Marie der Guten. Denn natürlich wurde es nicht geduldet, dass plötzlich ein 15-jähriges Mädchen in den Bäumen der Stadt der Bäume lebte. Da hatten viele was dagegen, schließlich war es absonderlich und auch sicher nicht erlaubt. Die Polizei war angerückt und hatte Marie aufgefordert sofort da runterzukommen. Viele Bürger der Stadt versammelten sich trotz des strömenden Regens unter Heimatbaum, um dem Spektakel beizuwohnen, ihre Meinung kundzutun und auf jeden Fall nichts zu verpassen.

»So ein Mädchen gehört doch noch zu seinen Eltern!«

»Ich habe gehört, sie hat keine.«

»Aber die muss doch in die Schule gehen!«

»Und was soll sie essen?«

»Irgendwann wird es ja auch mal Winter, also bitte schön, und was sollen die Touristen davon halten?«

»Da muss sich das Jugendamt kümmern!«

Und das tauchte dann natürlich auch in Form von der hektischen Karierten unter einem riesigen Regenschirm auf. Sie jammerte und zeterte und redete auf Marie ein.

»Willst du denn wirklich, dass wir die Feuerwehr holen und dich da mit Gewalt runterholen?«

Marie antwortete nicht. Sie hatte einen Ort gefunden, an dem sie es aushalten konnte zu leben, und den würde sie um keinen Preis der Welt mehr verlassen. Saß triefend nass in ihrer Mulde, klammerte sich an den dicken Ast von Heimatbaum und sagte nichts. Neben der Karierten, die jetzt aufgeregt mit dem Polizisten diskutierte, stand eine wesentlich jüngere, kleine Frau. Sie versank in einem viel zu großen, neonfarbenen Regenponcho und hielt in der Hand den hochhackigen Schuh, von dem auf dem unebenen, matschigen Waldboden der Absatz abgebrochen war. Sie humpelte auf Heimatbaum zu und hielt den Schuh hoch.

»Der hat 150 Euro gekostet. Also nur der, der andere auch noch mal, aber den kann ich ja jetzt nicht mehr gebrauchen!« Eine zornige Falte war zwischen ihren hellblauen Augen aufgetaucht und sie blitzten zu Marie hinauf. Die antwortete nicht. Nicht, weil sie nicht wollte in diesem Fall, es fiel ihr nichts Passendes ein. Sollte sie sich vielleicht entschuldigen? Die kleine Frau bedauern? Oder den Schuh? Marie schaute weg. Vielleicht sollte man auch einfach nicht mit solchen Schuhen in den Wald gehen. Oder brauchte die kleine Frau die, um größer zu sein?

»Nun, ziemlich aussichtslos, was du da machst«, redete sie weiter, »die Feuerwehr kommt, sie holen dich runter und alles geht wieder von vorne los.«

»Ziemlich aussichtslos, was Sie machen«, sagte Marie. Sie war vielleicht erst fünfzehn. Oder schon? Alt genug zumindest, um zu wissen, was sie tat. Die wussten es nicht.

Die Frau antwortete nicht, und als Marie nach unten schaute, hatte sie den Regenponcho ausgezogen und hielt ihn ihr hin.

»Nimm. So was braucht man, wenn man in den Bäumen wohnt.« Marie folgte und fand die kleine Frau nett. »Aber wir sollten dir einen anderen Ort suchen, wo du draußen leben kannst.«

»Warum? Dieser Ort ist gut.«

»Dieser Ort ist wie jeder andere. Und nur auf den Bäumen, ich meine ...«

»Hier ist mein Zuhause.«

Die Karierte ließ den Polizisten stehen, mit dem sie hin und her diskutiert hatte, und kam dazu. »Kommst du jetzt runter?«

»Nein.«

Seufzend gab sie dem Polizisten ein Zeichen, er zog sein Handy aus der Hose und tippte eine Nummer ein.

»Warten Sie«, rief die kleine Frau ohne Absatz ihm zu, »einen Moment noch!« Sie wandte sich an die Karierte, zog sie ein Stück weg und fand so unauffällig einen Platz unter ihrem Schirm. »Vielleicht könnte Marie ja auch hierbleiben. Nur für eine Weile.«

Die Karierte runzelte die Stirn. »Das ist nicht zu verantworten. Da gibt es genaue Vorschriften, die Sie vielleicht an der Uni noch nicht durchgenommen haben, Elena. Was, wenn ihr etwas passiert oder sie krank wird? Letztendlich muss sie ja auch mal wieder in die Schule. Wir sind zuständig und wir stehen in der Zeitung, wenn das schiefgeht.«

Die kleine Frau nickte und ihre blonden Haare kräuselten sich wegen des Regens. Durch den Schlitz, den die Kapuze des Ponchos ihr ließ, sah Marie, wie die Locken wippten, wenn sie redete.

»Nun, das weiß ich, und Sie haben sicher recht. Also, natürlich haben Sie recht, Sie machen das ja auch schon sehr lange. Ich bewundere Sie für Ihre

Geduld, ich meine, das ist ja irgendwie total aussichtslos. Wenn wir sie jetzt runterholen, was unter den gegebenen Umständen die einzige Möglichkeit zu sein scheint, was dann? Das geht ja immer so weiter.« Nachdenklich schaute sie zu Marie hoch, und die zog sich schnell die Kapuze über die Augen. »Vielleicht muss sie einfach mal zur Ruhe kommen.« Die Karierte schüttelte unwillig den Kopf. »Das kann ja sein, hilft uns aber nicht. Und wie soll das gehen? Ich kann ja nicht dauernd hier rausfahren und nach dem Rechten sehen. Sie kriegen das ja wohl mit, was zurzeit los ist. Und dann noch der Umzug mit dem Büro ...«

»Ich könnte das übernehmen.«

Marie lehnte unter dem Poncho oben am Schutzast von Heimatbaum. Sie hörte sehr genau zu und beschloss in diesem Moment, dass die Frau ohne Absatz die Gute heißen würde.

Seit dem einen Tag, als alles anders wurde und das Rot entstanden war, konnte Marie nichts und niemanden mehr beim Namen nennen. Das ging zu weit und ihr viel zu nah. Wenn jemand keinen Namen hat, bleibt er automatisch auf Distanz, man kennt ihn nicht wirklich und lässt ihn auch nicht an sich heran. Jemand war jemand.

Die Frau ohne Absatz war die Gute und bekam gerade einen sehr missmutigen Blick von der Karierten geschenkt.

»Sie sind ja noch nicht mal mit der Ausbildung fertig. Sie können das nicht einfach so übernehmen.« Die Gute nickte zustimmend und Marie musste grinsen, weil das Nicken überhaupt nicht zu dem passte, was sie sagte. »Nun, rein rechtlich geht das, haben wir gerade durchgenommen.« Die Gute lächelte freundlich. »Natürlich weiß ich, dass Sie letztendlich die Verantwortung tragen würden, aber ich versichere Ihnen, dass nichts passieren wird. Ich habe das Gefühl, es könnte dem Mädchen helfen.«

Die Karierte schaute die Gute mit gerunzelter Stirn an, dann zu Marie hoch. »Gefühl, Gefühl. Für unseren Beruf nicht gerade der beste Ratgeber.«

»Ich möchte Sie einfach nur ein wenig entlasten. Und immerhin, wenn es gut geht, werden Sie vielleicht auch in der Zeitung stehen!«

Die Karierte schnaubte beim Überlegen, dann gab sie sich einen Ruck. »Wenn es schlecht ausgeht, sind Sie raus, das versichere ICH Ihnen.« Drehte sich um mit ihrem Schirm und ließ die Gute im Regen stehen. Kaum war sie außer Sichtweite, tief im Gespräch mit der Polizei, wandte sich die Gute zu Marie, ballte die Faust und übernahm die Verantwortung. Es gab einen Deal. Sie würde einmal die Woche zu ihr rauskommen und nach dem Rechten sehen, auch reden. »Du klaust nicht, du gehst den Leuten nicht auf die Nerven. Wenn du etwas brauchst, wendest du dich an mich.« Jeden Montag stöckelte die Gute mit ihren hohen Schuhen zu Heimatbaum, Marie konnte sie von Weitem fluchen hören.

Sie brachte ihr den Schlafsack und ein Kissen und einen riesigen Regenschirm und Marie baute sich ein geschütztes Nest in der Mulde. Ihr Nest. Ihr Zuhause.

Das Knattern eines Motorrades riss Marie aus ihrer Ruhe. Die Schweigerzwillinge, die auf ihrer alten Schepperkiste gelegentlich durch den Wald bretterten und die Ruhe störten, ohne es auch nur zu merken. Wie ihr Vater, der Jäger. Laut, anwesend und ohne Rücksicht auf Verluste. Wir sind die Schweigers, wir sind da!

»Hey, Tree-Marie!«

Tim und Tom, mit ihnen war Marie noch in die Schule gegangen und schon damals hatte sie sie unerträglich gefunden. Sie hielten zu viel von sich selbst und bildeten sich tatsächlich ein, kein Mensch könnte sie auseinanderhalten. Dabei wusste Marie sofort, dass es Tim war, der sie besonders auf dem Kieker hatte. Sie lief nicht wie die anderen in seinem Schatten, sagte nicht, was er sagte, und kam nicht auf seine Partys, obwohl sie immer eingeladen war. Die Zwillinge nervten sie und das nervte die Zwillinge.

Marie ging hinter dem Stamm von Heimatbaum in Deckung. Sie hielten unten und bliesen laut stinkende Abgase in den Wald.

»Was machste eigentlich, wenn's jetzt kalt wird, Tree-Marie?« Zwilling eins, wie Tim jetzt nur noch hieß, denn wenn einer aus Maries Sicht keinen Namen verdient hatte, dann er. Allzeit der Boss, Zwilling zwei segelte in seinem Windschatten. Von hier bückte er sich jetzt und schleuderte eine Kastanie Richtung Marie. »Ja, was machste dann?«

Ging die nichts an, nicht ihr Problem, nicht wert zu antworten.

Die Kastanie traf eine ihrer Scherben und brachte den Schmuck von Heimatbaum zum Klingen. Marie sammelte ihn im Wald und hängte ihn an Schnüren auf. Scherben, die in der Sonne glitzerten und messerscharfe Strahlen aussenden konnten. Getrocknete Hagebutten an Zweigen, Blechdosen, bunte Papiere, Fähnchen im Wind dienten nicht nur als Schmuck, sondern auch als Abwehr gegen das Rot. Marie bildete sich ein, dass sie es so zumindest eine Zeit lang in Schach halten und die Flucht ergreifen konnte. Dass sie gewarnt würde. Dass es zurückschreckte vor der Schmuckabwehr.

»Wenn sie erst mal zu Eis gefroren ist, zerspringt sie in tausend Teile!« Die Zwillinge gackerten los und Marie wünschte sich ganz tief, dass sie einfach verschwanden, denn es half nichts mehr, ruhig ein- und auszuatmen. Diese Typen machten sie wütend und sie konnte nicht verstehen, was sie antrieb. Es brachte ihnen nichts, auf ihr herumzuhacken und ihr stahl es die Ruhe und geliebte Einsamkeit. Aber sie konnten es nicht lassen, wie die späte Rache für die Marie von früher.

Das Rot grollte. Noch war es nicht zu sehen, nur zu hören, die Wut in ihr wuchs und explodierte, als die nächste Kastanie in den Scherben landete.

»Verpisst euch!«
Sie lachten und Zwilling eins drehte am Gasgriff, ließ die Maschine aufheulen.

»Verpisst euch, verpisst euch«, äffte er sie nach, »und weißte was, das machen wir jetzt auch. Du bist nämlich einen Arsch voll langweilig.« Er löste die Bremse, sodass der weiche Waldboden durch die Gegend spritzte und das Motorrad vorne aufstieg.

Marie schloss im Schutz des Stammes die Augen. Nicht das Rot hören, nicht noch wütender werden, nicht das Rot hören, nicht noch wütender werden, nicht das Rot hören, nicht ...!

»Bis nächstes Mal, Tree-Marie, zieh dich warm an!«

Ein Montag. Die Gute setzte sich an Heimatbaum, zog ihre Schuhe aus und wackelte mit den lackierten Zehen.

»Warum ziehen Sie keine anderen Schuhe an?«, hätte Marie sie fragen können, aber sie hatte es sich abgewöhnt, sich in die Angelegenheiten der anderen zu mischen. Marie stellte keine Fragen, in der Hoffnung, dann auch keine gestellt zu bekommen.

»Nun, wie ist es dir ergangen diese Woche? Gibt es etwas Neues?« Irgendwann vielleicht, irgendwann keine Fragen mehr. Marie zeichnete sich so oder so nicht gerade durch Gesprächigkeit aus. Hatte sie früher, vor dem Tag, unentwegt geredet, bis die Mutter lachend Pause gerufen hatte oder die Schwester sich schreiend die Ohren zuhielt, so hatte es ihr seitdem die Sprache verschlagen. Reden half nicht. Die meisten verstanden nur, was sie wollten, drehten sich die Worte der anderen so, bis es für sie selbst Sinn und Zweck ergab. Und wenn das nicht gelang, widersprachen sie und dann hatten nur ihre Worte Gültigkeit. Die Karierte war perfekt darin gewesen, aber die Gute gab sich Mühe, und so berichtete Marie ihr von ihren Erfolgen. Sie hatte einen Weg durch die Bäume gefunden, der fast bis nach Hause führte. Das Seil mit dem Enterhaken daran, das sie ihr gebracht hatte, half ihr dabei, größere Abstände zu überwinden. Jetzt konnte sie das Haus im Blick halten. Ein Fensterladen hing schief und der Garten war restlos verwildert. Die Farbe wellte sich in Teilen und auf dem kiesigen Weg lagen die ersten Blätter, Beweise des Herbstes.

»Der Garten ist deiner Mutter sehr wichtig gewesen«, meinte die Gute, »ich habe Bilder gesehen, der sah wirklich toll aus.«

Darauf antwortete Marie nicht. Was auch? Die Gute wusste es ja eh schon. Stunden hatte ihre Mutter hier verbracht, vor allem nachdem das Verhängnis ihr verboten hatte, in der Tankstelle zu arbeiten. Sie sollte schön zu Hause bleiben, nicht die Männer anlachen mit ihrem Lachen, nicht eine ihrer Handtaschen nehmen und mit wehendem Rock auf dem Fahrrad durch die kleine Stadt fahren. Sie gehörte ihm allein. Marie hatte ihr oft geholfen, mit der Gießkanne oder ihr Flickflacks auf dem Kiesweg vorgeführt, um sie aufzuheitern. Das Verhängnis war tagsüber in der Arbeit und die Mutter konnte wenigstens lächeln.

Die Gute schaute nach oben zu Marie und sah ihre glitzernden Schätze in den Bäumen hängen. Damals waren es noch lange nicht so viele.

»Schön hast du es dir gemacht!«

Einmal hatte sie einen Zeichenblock und eine Schachtel Buntstifte mitgebracht. Natürlich wusste Marie, was sie damit wollte. Anhand der Zeichnungen in Marie hineinschauen, sie verstehen. Die Gute wollte sie letztendlich aus den Bäumen holen, musste sogar. Nach jedem Besuch mahnte die Karierte das wieder an. »Das kann kein Dauerzustand sein, das wissen Sie!«

Irgendwie gelang es ihr immer, noch mehr Zeit für Marie herauszuschlagen, aber jetzt kam der Herbst, dann der Winter, es würde nicht einfacher werden.

Marie zeichnete, was ihr einfiel oder was sie sah. Den Baum, Tiere, die Füße der Guten zum Beispiel.

Oder sie schrieb Sätze wie »Heute war Schlappe da und hat Kuchen gebracht. Die Sonne war schon auf dem Weg hinter den Wald.«

Schlappe war eine dickliche Frau mit wenigen Haaren und riesigen Schlappen an den geschwollenen Füßen. Die Riemen lagen so tief ins Fleisch gegraben, dass man sie kaum sehen konnte. Wenn man wollte, glaubte man, dass Schlappe nur klatschende Sohlen unter den Füßen trug, die wie von selber hielten. Sie kam manchmal und brachte Marie etwas zu essen, war eben nicht eine von denen, die es per se störte, dass da ein Mädchen in den Bäumen wohnte. Vielleicht weil sie früher, bevor sie Schlappe wurde, in der Anstalt gearbeitet hatte. Sie wusste, wie man mit Irren umgeht, und Marie wusste nicht, warum ausgerechnet Schlappe nicht mehr dort war. Sie war nett zu den Andersartigen.

Sie aßen zusammen, Marie oben, Schlappe unten, zum Beispiel den Kuchen.

»So einen kleinen Kuchen kann man gar nicht backen, wie allein man ist«, sagte Schlappe mit vollem Mund und erzählte, was sie gestern im Fernsehen gesehen hatte. Eine Welt, die Marie vollkommen fremd geworden war. Diese neue Serie oder jenes politische Ereignis, bei dem wie üblich aus Schlappes Sicht die Kleinen zu kurz kamen. Wie groß ist klein, fragte sich Marie, denn ihre Welt erschien ihr unendlich und doch kannte sie jeden Winkel, ihre

Zeit verging so langsam, dass man sie schon fast hören konnte, war an der Sonne abzulesen, und doch schien es ihr manchmal, als ob es gestern gewesen war, als sie Heimatbaum bezogen hatte, als läge nicht ein ganzer Sommer dazwischen. In ihrer Welt war Marie groß, in der Welt der anderen nur ein kleines Ärgernis.

Sie sagte nichts zu Schlappe, ließ ihr ihre Größenverhältnisse, und Schlappe machte das nichts aus, vielleicht merkte sie es noch nicht einmal. Sie war froh, ihre eigene Stimme mal wieder zu hören. Sie war eine Freundin und stellte keine Fragen.

Und natürlich Taube, aber das wäre ja auch noch schöner. Immerhin hatte Marie sie verletzt gefunden. Ihr Flügel hing herunter, schleifte über den Waldboden und Taube wäre ein gefundenes Fressen für Fuchs gewesen, hätte Marie sie nicht mitgenommen. Jetzt, nach zwei Monaten, konnte sie wieder fliegen. Sie wohnte nicht mehr bei Marie in dem kleinen Nest, das sie ihr gebaut hatte, und ließ sich auch nicht mehr von ihr mit Schlappekuchenkrümeln füttern. Taube konnte wieder für sich selber sorgen, aber sie kam gelegentlich mal vorbei. In der Zeit, als sie so krank war, der Flügel sorgfältig am kleinen Körper fixiert, sich nicht bewegen durfte, nahm Marie sie in der großen Mutterhandtasche überall mit hin. Zusammen mit ihr fand sie den langen Weg durch die Bäume bis zu dem grauen Kasten mit den vergitterten Fenstern und den Stacheldrahtrollen auf den Mauern. Marie konnte das Gefängnis kaum ernst nehmen. Es sah genauso aus, wie man sich ein Gefängnis vorstellte, wie sie es früher im Fernsehen gesehen oder in Büchern gelesen hatte. Weder die Fernsehleute noch die Gefängnisbauer hatten sich etwas Eigenes, Neues ausgedacht. Dennoch waren die Mauern unüberwindbar für Marie. Und sie konnte auch nicht einfach da hineingehen, sie wusste, was passieren würde. Aus diesen Mauern gab es kein Entkommen und alleine bei der Vorstellung grollte das Rot. Sie konnte die Mutter nicht besuchen, auch wenn sie manchmal solche Sehnsucht nach ihr hatte, dass sie schreien musste.

Aber Taube! Taube konnte, als sie wieder flugtauglich war. Und Taube kannte den Weg. Seit es Taube gab, schickte Marie ihrer Mutter manchmal etwas. Eine kleine Zeichnung, getrocknete Pflanzen oder ein herzförmiges Blatt, ein paar Zeilen, winzige Berichte aus ihrem Leben.

Die Gute freute sich darüber, vermutete Marie auf einem Weg hin zu was auch immer, auf jeden Fall weg von den Bäumen.

»Nun ...!« Dieses Wort sagte sie oft. Es kam Marie jedes Mal wie ein Fremdkörper vor, denn wer sagt denn schon nun? »Nun, da du diesen Kontakt zu deiner Mutter aufgenommen hast, könntest du doch vielleicht auch mal deiner Schwester schreiben? Ich kann ihr den Brief schicken, ich meine, Marie, sie hat dir doch nichts getan, sie meint es doch nur …!« Die Gute verstummte, als sie in Maries Gesicht sah. Verschlossen, versteinert und wütend. »Marie, ich bin mir einfach nicht sicher, ob das hier zu etwas führt. Es kommt mir vor wie eine Flucht, klar, da kann man ein bisschen Luft holen, aber letztendlich musst du an dir arbeiten, dich mit dem auseinandersetzen, was dir passiert ist.«

Marie sprang auf, fühlte das Grollen, bevor sie es hörte. »Oder es bleibt einfach so. Es ist doch alles gut. Es geht mir gut!«

Die Gute schüttelte den Kopf. »Das ist vielleicht nur das, was du glaubst, weil du zu viel Angst hast, dem Feind ins Auge zu blicken. Es wird dir nicht helfen, nicht hinzuschauen!«

»Ich brauche keine Hilfe!«

Marie lief den dicken Ast hinauf, als wäre er ein Weg, schwang sich auf den nächsten Baum und verschwand schneller, als die Gute sprechen konnte.

Sie hetzte davon, versuchte der Wut und dem Grollen zu entfliehen und landete am Waldrand auf dem Baum, von dem aus sie das Haus sehen konnte.

Das Haus, das ihre Schwester einfach verlassen hatte. Sie war gegangen, weil sie das Verhängnis nicht mehr ertragen konnte. So wie niemand es ertragen konnte.

Marie war zurückgeblieben. Ihre Schwester hatte sie einfach alleingelassen.

Marie zuckte zusammen. Ein schwarzer Porsche Cayenne bremste. Direkt vor dem Mörderhaus.

»Irgendwie geht immer alles«, sagt Paul.

Lange hatte Lisa es für einen Spruch gehalten, einen Weg, leichtfüßig über jedes Problem hinwegzulaufen, es einfach nach hinten zu schieben und nach vorne zu schauen. Aber Paul hatte bisher recht behalten. Die kleine Wohnung unterm Dach zum Beispiel, mitten in der Stadt und dennoch bezahlbar. Sie hatten sie bekommen. Obwohl Lisa kaum Geld verdiente. Wie auch? Die Lehre im Hotel, die Abendkurse, um das Abitur nachzumachen, nahmen alle Zeit in Anspruch. Paul hatte es irgendwie hingekriegt. Mit seinem Charme, dieser beruhigenden Ausstrahlung, die einen vertrauen ließ. Also auch Makler und Kreditgeber, Politessen und Regelhüter aller Art. Irgendwie geht immer alles bei Paul.

Lisa saß auf der kleinen Holzbank in der Gaube, die er günstig erstanden hatte. Antiquitätenhändler vertrauten ihm auch.

Das Plastikstäbchen, das sie gerade vollgepinkelt hatte, lag neben ihr und entwickelte eventuell eine Vision von ihrer Zukunft, die bisher so nicht vorgekommen war. Sie starrte auf die Wipfel der Bäume draußen, beobachtete zwei Vögel, die sich verfolgten, hintereinander her, umeinander herum. Liebe, Kampf oder Spiel? Lisa verstand nichts von Vögeln. Oder Bäumen. Wollte sie nicht. Wenn sie das Wort schon hörte!

Sie wandte den Blick und fixierte die Kirchturmuhr. Halb sechs. Bald würde Paul nach Hause kommen. Fröhlich und ohne Angst.

»Hallöchen, du Lisa!«, würde er rufen und wissen wollen, ob sie essen gehen oder etwas bestellen sollten. Warum hatten sie nicht besser aufgepasst? Vorsichtig sein, Pille vergessen, was war daran eigentlich nicht zu verstehen? Lisa hatte genaue Anweisungen gegeben. Sex ja, aber nicht in ihr kommen, möglichst gar nicht in ihr sein oder nur mit Kondom.

So schwer war das nicht. Sie hatte das im Griff, sie hatte immer alles im Griff, so war sie eben.

Ganz anders als ihre Mutter und Marie.

Lisa hatte es kommen sehen, damals, sie hatte es eigentlich schon bald, nachdem Herrmann eingezogen war, geahnt. Mamas neuer Freund, in den sie so verliebt war, der sie so glücklich machte und ihr das Gefühl gab, sich zurücklehnen zu können. »Er passt auf mich auf, endlich passt mal jemand auf mich auf.«

Lisa lachte verächtlich, schüttelte sich. Nicht an die denken. Warum tauchten sie jetzt überhaupt auf? Sie hatten nichts mit ihr zu tun, gehörten nicht zu ihrem Leben mit ihrer windigen Art, den versponnenen Ideen, unordentlich und verspielt. Mama mit ihrem Handtaschenfimmel und Marie, die alles lebendig fand, sogar Steine taten ihr leid. Sie lagen auf ihrer Fensterbank und sahen alle gleich aus, Steine eben, aber Marie hatte Namen für sie, erkannte jeden an irgendetwas und redete sogar mit ihnen. Überhaupt redete sie unentwegt und war dauernd in Bewegung. Lisa passte nicht dazu. Sie verließ sich nicht auf Gefühle.

Sollte sie hinschauen?

Eigentlich unnötig, sie wusste sowieso, dass das Stäbchen zwei Streifen abbilden würde. Sie war schwanger. Mit 19. Wie Mama damals mit ihr. Vererbt sich der Zeitpunkt, an dem man Kinder bekommt? Lisa schnaubte. Wohl kaum. Vielleicht das Verhalten oder die Einstellung dazu, aber nicht bei ihr, nein, ganz und gar nicht. Es war der Scheißwein gewesen. Paul und sie hatten Einjähriges gefeiert, waren ausgelassen, zu locker. Aber Lisa wusste genau, dass sie ihn rechtzeitig aus sich rausgedrängt hatte, sie konnte nämlich auch nach zwei Wein noch denken und war niemals so ausgelassen, dass sie nicht mehr wusste, was richtig war. Disziplin, Ordnung und Struktur. Nichts hatte sie in ihrer Kindheit mehr vermisst.

Ihr Vater war so. Er konnte das. Nachdem Lisa mit sechzehn ausgezogen war, hatte sie ihn gesucht und gefunden. Und obwohl er sie das letzte Mal mit zwei gesehen hatte, als wiederum er dem Chaos entflohen war, übernahm er sofort Verantwortung, unterstützte ihre Pläne und wies ihr jeden Monat Geld an. Nicht viel, aber er kümmerte sich. Mama konnte ja nicht. Die saß im Gefängnis, seit der Sache mit Herrmann. Lisa hatte es kommen sehen. Keiner kann so leben, keiner kann mit so jemandem wie Herrmann leben, aber noch weniger als keiner Mama. Leider konnte man so jemanden wie Herrmann auch nicht verlassen. Niemand verlässt Herrmann.

Er war bei ihnen eingezogen und dann änderte sich alles. Stolz brüstete er sich damit, dass er sie alle ernähren würde mit seiner Reinigungsfirma, kein Problem. Mama sollte zu Hause bleiben und sich um die Kinder, das Essen und vor allem Herrmann kümmern. Die lebenslustige Tänzerin mit den weiten Röcken und dem riesigen Lachen ließ sich darauf ein. Hoffte, dass so alles besser würde, nachdem es weder mit Lisas noch mit Maries Vater geklappt hatte. Endlich war da jemand und sie gab gerne alles auf, um für ihn da zu sein. Er war ja schließlich auch für sie da. Sie lernte ordentlich zu kochen, gutbürgerlich, wie Herrmann es mochte, und Marie es hasste. Sie bekam einen Staubsauger mit Wischfunktion und Kleider, die man bis oben zuknöpfen konnte. Und sie kündigte bei Franz von der Tankstelle. Lisa und Marie hatten ihre Kindheit dort verbracht. Unter dem Tresen, zwischen den Regalen, an einem klapprigen Tapeziertisch, der im Hinterzimmer stand. Die Tankstelle war ihr Paradies. Sie durften essen und trinken, was sie wollten, sie liebten die Dudelmusik, die sie den ganzen Tag begleitete, Marie tanzte dazu, Lisa machte Hausaufgaben. Sie hatte sich nie wirklich entscheiden können, ob sie die kleine Kröte liebte oder hasste. Immer musste sie sich um sie kümmern, immer hing sie ihr am Hacken und war dabei so wild und nicht zu bremsen, irgendwie frei und glücklich. Man konnte sich eigentlich nicht um sie kümmern. Nur wenn Lisa ihr Gruselgeschichten erzählte, saß sie mucksmäuschenstill da und lauschte. Man musste ihre Fantasie bedienen, das war der Knopf, den sie zu drücken lernte.

Lisa war irgendwie nie glücklich. Erst als sie weg war und Paul auftauchte. Erst seitdem konnte sie sich selber wertschätzen, wusste mehr über ihre Vorzüge, lernte sich zu lieben. Solange sie neben den Paradiesvögeln bestehen musste, hatte sie als einfache Amsel keine Chance. Sah man sie ohne diese, schillerten ihre Federn schwarz im Sonnenlicht.

Noch siebeneinhalb Monate, wenn sie schwanger

war. Mitte Mai. Da könnte sie gerade so durch sein mit den Prüfungen, hätte das lang ersehnte Abitur in der Tasche. Dieser lange holprige Weg nur wegen ihnen, einer Frau, die aktuell im Gefängnis saß, und einem Mädchen, das in den Bäumen lebte. Lisa hätte das Abi locker auf dem normalen Weg geschafft. Aber sie war ja nicht wichtig und man konnte kein Abi machen, wenn ein Herrmann im Haus war. Und jetzt? Abitur und dann Mutter. Kein Studium, erst mal zumindest, kein Aufstieg zur Personalchefin im Hotel. Auch nicht. Mutter. Lisa stöhnte und vergrub ihr Gesicht in den Händen. War sie nicht schon lange genug Mutter gewesen? Immer hatte Marie an ihr gehangen, wie ein Schatten war sie ihr gefolgt. Erst aus Liebe, dann aus Angst. Und immer hatte sie sie beschützt. Als ihre Mutter aufmuckte, versuchte zu widersprechen, wieder sein wollte, wie sie eigentlich war. Das erste Mal hatte er sie geschlagen, als sie nicht auf den Chor verzichten wollte.

»Ich muss doch auch mal hier raus, Herrmann! Und wir singen doch nur.«

»Und warum muss man sich zum Singen die Lippen rot malen?«

»Ach Schatz, das mach ich doch immer.«

»Jetzt aber nicht mehr. Ich möchte da eigentlich auch gar nicht weiter drüber diskutieren. Du hast das Haus, den Garten, die Kinder, ich weiß wirklich nicht, wo da noch Zeit für diesen Chor bleiben soll.«

»Da ist genug Zeit. Das habe ich bisher doch auch hingekriegt. Den Chor, den Stammtisch, die Tankstelle, den Haushalt … und die Kinder sind schon groß und selbstständig.«

Lisa und Marie kauerten auf der Treppe und lauschten. Herrmanns Stimme war warm und wurde nie laut. Wie konnte eine Stimme so warm sein, wenn der Mensch, dem sie gehörte, doch kalt wie Stein war?

»Steine sind nicht kalt, Lisa«, hörte sie die Kinderstimme von Marie in ihrem Kopf, wischte sie weg.

»Chor, Stammtisch, Tankstelle, das hast du nicht nötig. Meine Frau macht sich nicht gemein. Man muss sich absetzen, um jemand zu sein, mein Engel. Du bleibst zu Hause!«, hatte Herrmann ganz ruhig gesagt. Marie vergrub den Kopf in Lisas Schoß und sie ballte die Fäuste. Er wollte nur nicht, dass Mama von anderen Männern angeschaut wurde. Und sie wurde angeschaut. Sie war schön, reizvoll und sie wusste es. Sie widersprach und dann hörten sie Stühle fallen, einen erschrockenen, fast erstaunten Laut ihrer Mutter und wie sie irgendwo gegenkrachte. Damit war die Sache geklärt.

Immer öfter war die Mutter gestolpert, die Treppe runtergefallen, ungeschickt irgendwo drangestoßen. Immer öfter schlug Herrmann sie, obwohl sie immer weniger widersprach, ihr Lachen verlor und all ihre Reize einer Leere Platz machten, einer geduckten Haltung und Worte unnötig wurden. Marie war aufmüpfig, versuchte der Mutter zu helfen. Nun widersprach sie ihm und bekam genauso eine ab, wenn Lisa nicht rechtzeitig dazwischenging.

Sie hatte sie immer beschützt. Bis es eben nicht mehr ging. Bis sie es einfach nicht mehr aushalten konnte. Nach der Sache im Krankenhaus.

Lisa zog ihre Beine hoch und drückte sie so fest an den Körper, bis es schmerzte und nichts anderes, was schmerzen hätte können, noch Platz hatte.

Sie war gegangen. Gerade so die Mittlere Reife in der Reisetasche ohne Plan, ohne Ziel, nur weg.

Herrmann stand neben Mama mit den zugeschwollenen Augen in der Tür, den Arm fest um sie gelegt, es ist gut so, besser, und Marie rannte mit ihren Sprinterbeinen und dem wahnsinnigen Tempo, das sie aufbringen konnte, schreiend dem Auto hinterher. Lisa drehte sich nicht um, drückte die Reisetasche fest an sich und bat den Taxifahrer schneller zu fahren.

Sie kam in einer kleinen Kammer im Hotel unter, in dem sie ihre Lehre machte. Und sie fand ihren Vater. Es gelang ihr, das Leben in geordnete Bahnen zu lenken. Ihr Leben.

Am Anfang hatte sie Marie noch manchmal geschrieben, ihr die Adresse und neue Handynummer gegeben, sie sollte sich melden, sollte sagen, wenn es schlimmer wurde oder Lisa auch einfach nur besu-

chen. Aber Marie meldete sich nicht und sprach seitdem nicht mehr mit ihr. Auch nicht in der Zeit, nachdem Mama verurteilt worden war, als das Jugendamt Lisa immer wieder zu Hilfe holte, um Marie zu bändigen, ihr zu vermitteln, dass es so einfach nicht weiterging. Marie redete nicht mit ihr und hörte ihr auch nicht zu. Lisa stammelte Phrasen, irgendwas von dankbar sein für die Hilfe, sich unterordnen, zusammenreißen, keinen Ärger machen, einmal eben keinen Ärger machen.
»Schau mich an! Bitte!«
Marie hatte sie keines Blickes mehr gewürdigt. Dabei nutzte es doch einfach nichts, nicht hinzuschauen!

Langsam hob Lisa den Kopf Richtung Stäbchen. Hinschauen, vielleicht hatte sie ja doch Glück. Wenn man die Pille vergessen hat, kann sich auch mal was verschieben. Sie hatte es im Internet nachgelesen, sie kannte die Möglichkeiten. Und sie hatte doch aufgepasst. Langsam rückte das kleine Sichtfenster des Stäbchens in ihr Blickfeld. Es zeigte deutlich zwei Streifen. Es zeigte das, was Lisa eh gewusst hatte.

»Hallöchen, du Lisa!« Paul erschien stets im richtigen Moment, als wüsste er, wann sich etwas ereignete, das seine Aufmerksamkeit erforderte. Lisa stopfte das Stäbchen in ihren Hosenbund, während er lautstark den Schlüssel in die Schale fallen ließ und sich die Schuhe von den Füßen flippte. Gleich würde sie es ihm sagen und er würde kurz überlegen, dann strahlen und sich unbändig freuen. Denn irgendwie geht ja immer alles. Lächelnd, mit seinen wilden Haaren um den Kopf, kam er in die Küche, sah Lisa und blieb sofort stehen. Erkannte in ihrem Gesicht und an dem Gefühl, das im Raum hing, dass etwas nicht stimmte. So gut kannte er sie und so sehr liebte er sie auch.

»Was ist los?«

Lisa stand auf und ging auf ihn zu, da klingelte das Festnetztelefon. Eigentlich hatte niemand diese Nummer, eigentlich brauchte man es gar nicht mehr. Das Festnetztelefon klingelte, wenn irgendetwas Unangenehmes passiert war. Irgendwas mit Marie.

Lisa ging an Paul vorbei und hob ab.

»Ja?«

Sie lauschte der Stimme einer fremden Frau und die kleinen Härchen auf ihrem Rücken stellten sich auf. Sie fröstelte, schaute zu Paul, der jetzt beunruhigt zu ihr trat, ihr den Arm umlegte und ihr mit seinem Blick erneut die schon gestellte Frage zuwarf.

»Was ist los?«

Lisa schaute weg, versuchte sich auf die Worte der Frau zu konzentrieren.

»Ja, aber das entscheide doch nicht ich«, flüsterte sie rau, »Frau ... wie war noch Ihr Name? ... Frau Zobel, das müssen Sie meine Mutter fragen.«

Paul rückte ein Stück von Lisa ab, schaute sie verwundert an. Zu spät merkte sie, dass sie jetzt einen Fehler gemacht, ihre Disziplin und Konzentration verloren hatte. Wie sollte sie auch anders?

»Ja … okay … gut …«, stotterte sie noch ins Telefon, dann legte sie auf. Es war ganz still im Raum. Langsam drehte sie sich zu Paul um, der sie mit großen Augen ansah.

»Du hast eine Mutter?«

Marie kauerte im Beobachtungsbaum, der ganze Körper angespannt, wie eine Katze auf der Lauer, eine Katze, die sieht, dass sich etwas bewegt. Dass eine stinkreiche Familie vor dem Mörderhaus aus ihrem Porsche Cayenne steigt. Vater lässig, aber schick, Mutter in teurem Designeroutfit und unentwegt heftig gestikulierend. Dabei schwankte sie zwischen Begeisterung und Entsetzen, lief hierhin und dorthin und redete der zweiten Frau dauernd dazwischen, während die telefonierte und dabei stets beherrscht blieb. Sie trug ein schlichtes Kostüm, das ein bisschen zu eng saß, eine Laptoptasche, gerollte Pläne unter dem Arm, die Haare streng zurückgesteckt. Marie konnte nicht hören, was sie sagten und vorhatten, aber sie konnte es sehen. Diese Frau wollte das Haus verkaufen, ihr Haus. Eine Maklerin, wie sie im Buche stand, ein Klischee, wie das Gefängnis, in dem die Mutter saß. Hatte sie das veranlasst?

Marie schüttelte leise den Kopf. Niemals. Soweit sie wusste, wurde das Haus von irgendeiner Firma betreut, Instandhaltung und so, aber nicht verkauft. Die mussten den Schlüssel weitergegeben haben, weil Interesse bestand. Oder die Schwester. Brauchte Geld und dachte keine Sekunde nach. Dieses Haus konnte niemand mehr bewohnen. Es war aus Blut. Irgendwo hinter Marie begann das Grollen, wie erwartet, natürlich, das Rot würde nicht einverstanden sein, es würde sie alle überrollen, einhüllen, umbringen. Sie durften das Haus nicht kaufen. Marie versuchte sich zu beruhigen. Sie atmete tief ein und aus, schloss kurz die Augen, um sich dann auf den Jungen zu konzentrieren. Er war vielleicht ein, zwei Jahre älter als sie, schlurfte wenig begeistert hinter seinen Eltern her, der Blick finster, die Klamotten durchgehend schwarz.

Zum Kotzen. Echt, er konnte gar nicht sagen, wie sehr ihn das ankotzte.

»Schau doch mal, Olli, dieser Garten! Ich meine, da gibt es nun wirklich jede Menge zu tun, aber ich kann mir alles genau vorstellen – hier kommt das Hochbeet hin, das kann man dann von der Straße nicht unbedingt einsehen, weil davor Bux, Bux, Bux, in einer Reihe, oder Olli?«

Konnte die nicht mal aufhören zu reden? Hatte sie es immer noch nicht verstanden? Jori spuckte auf den kiesigen Weg, der schon sehr bald entweder teuer gepflastert sein würde, auf jeden Fall aber ordentlich geharkt. Der Garten in eine glatte Ordnung gebracht, architektonisch gut durchdacht, professionell kühl. Wie alles, was sein Vater tat. Wie immer ließ er seine Frau reden und kümmerte sich um die Inspektion der Bausubstanz. Musste er das Ding ganz abreißen oder genügte eine Entkernung? Entsprachen die Fenster dem Energiestandard? Wie stand es um die Ab- und Zuleitungen?

»Was sagt die Eigentümerin, Frau Zobel?«, wandte er sich gerade an die Maklerin. Er sagte immer den Namen hinterher.

»Wie steht es mit der Schule, Jori?«, »22 Uhr und keine Sekunde später, Jori!«, »Hast du gekifft, Jori? Hauch mich an, Jori! Du weißt, was wir besprochen haben, Jori?«

Frau Zobel ging dem Vater voraus, während die Mutter ein Kraut ausrupfte und allen unter die Nase rieb, um herauszufinden, um was es sich handelte.

»Sie wird Rücksprache halten. Die Verhältnisse sind hier etwas, na, sagen wir mal kompliziert. Ich meine, die wollten das Haus ja gar nicht verkaufen, da sind wir ein bisschen, nennen wir es, in Vorleistung gegangen. Aber ich denke, wenn der Preis stimmt ...« Die Zobel versuchte, die Haustür aufzuschließen.

»Na, da werden wir erst mal sehen, wie der Zustand drinnen ist«, brummelte der Vater und die Mutter versuchte wieder Land gutzumachen. »Verkaufen Sie nie ein Haus an einen Architekten.« Sie kicherte albern und die Zobel stimmte höflich mit ein, zog mit aller Kraft am Knauf und schaffte es endlich, die Tür mit einem lauten Quietschen zu öffnen. Sofort stürmte die Mutter an ihr vorbei ins Haus, der Vater folgte gediegenen Schrittes.

Jori blieb in der Tür stehen, während drinnen alles genau begutachtet oder begeistert kommentiert wurde.

Er hatte keinen Bock hier zu wohnen. Was für ein Kaff! Wenn der Alte hier mal wieder so einen tollen Auftrag hatte, sollte er doch hier leben und ihn nicht mit in die Scheiße ziehen.

In dem Haus war es dunkel und an der Wand Flecken.

»Nein, nein«, beteuerte die Zobel gerade, »das ist kein Schimmel, keine Feuchtigkeit.« Sie klopfte auf ihre Laptoptasche. »Ich werde alle Mängel genau dokumentieren, und Sie planen ja da sicher auch einige Änderungen vorzunehmen. Das müssen sie einfach übersehen!«

Sofort mischte sich die Mutter ein. »Man könnte doch die Wand hier eh komplett rausreißen, oder Olli?« Sie sagte auch die Namen am Ende des Satzes, aber immer mit einem oder. »Das hast du doch nicht so gemeint, oder Jori?«, »Du wirst dich anstrengen, oder Jori?«, »das macht er nicht mehr, das glaube ich nicht, oder Jori?«

Jori rümpfte die Nase. »Hier stinkt's!«

Seine Mutter schnüffelte. »Nach was? Ich riech nichts!« Sein Vater prüfte Deckenhöhe und elektrische Leitungen. Es roch nach Eisen. Irgendwie nach altem Eisen oder so was.

Jori drehte sich um, ging Richtung Garten und setzte sich auf die Treppe. Er musste nicht mehr zuhören und er musste auch nichts mehr sehen. Er wusste eh, wie es ausgehen würde. Sein Vater würde so viele Mängel finden, egal ob sie da waren oder nicht, dass der Preis in den Keller sinken würde, er das Haus zu einem Spottpreis erstehen und auf Hochglanz renovieren konnte. Es lief immer so. Alle paar Jahre.

Bisher waren sie allerdings wenigstens in großen Städten gelandet, wo Jori sein Ding machte. Hier konnte man definitiv überhaupt nichts machen, nichts! Wahrscheinlich gab es nicht mal anständiges Weed, und noch wahrscheinlicher war es, dass seine Eltern genau deswegen dieses Schnarchstädtchen ausgesucht hatten.

»Da kannst du dich ganz auf deine Schule konzentrieren, oder Jori?«

Stadt der Bäume, toll. Wen interessieren bitte schön Bäume? Ein kleiner Käfer krabbelte Joris Sneaker hoch. Wütend schüttelte er ihn ab. Er landete auf dem Rücken, zappelte mit den vielen Beinen, die er hatte, und schaffte es nicht mehr sich umzudrehen. Soll man eben nicht machen, auf Joris Sneaker krabbeln. Gerade entschied er sich dafür, dass es für den Käfer besser wäre zu sterben, als sich ewig lang auf dem Rücken herumzuquälen, da sah er aus den Augenwinkeln etwas herbeifliegen, das kurz darauf klirrend direkt in der Frontscheibe des Porsches landete. Die Alarmanlage heulte auf, und während Joris Eltern und die Zobel aufgeregt aus dem Haus gelaufen kamen, scannte er den Waldrand, die Richtung, aus der das Geschoss gekommen war. Da sah er ein Mädchen in einem Baum. Sie trug einen langen Zopf, einen Blick voller Hass und keine Schuhe. Blitzte ihn an, zeigte ihm den Stinkefinger, drehte sich um und verschwand durch die Bäume kletternd wie ein Affe im Wald.

»Sehen Sie das, sehen Sie das, Frau Zobel?«, schrie der Vater und wedelte mit einem riesigen Stein in der Luft herum.

Jori kniff die Augen zusammen, aber am Waldrand bewegten sich nur noch die Äste. Von der Täterin keine Spur mehr.

»Was ist denn das für ein Ort, wo einem gleich die Autoscheibe eingeschmissen wird, Frau Zobel?«

Joris Stichwort. »Ja, genau. Hier kann man nicht wohnen, sag ich doch die ganze Zeit. Die sind voll brutal hier, wahrscheinlich hassen sie Städter wie die Pest. Los, lasst uns abhauen!«

Der Vater schaute ihn nur entgeistert an, die Zobel schnappte nach Luft, weil sie nicht wusste, was sie sagen sollte, und die Mutter versuchte mit ihrer positiven Scheißart die Gemüter zu beruhigen.
»Also wirklich, das hat doch nichts mit diesem idyllischen Städtchen zu tun. Purer Zufall, vielleicht ist ja auch ...«, da fiel ihr nichts ein, »... oder Olli?«
Den Käfer hatte Jori vergessen.

Marie saß gut geschützt in einem Baum und versuchte sich zu beruhigen. Der Typ hatte sie gesehen, aber anscheinend nicht verraten, sonst wären sie schon längst hinter ihr her. Sie beschloss, ihm das als Pluspunkt anzurechnen. Ansonsten ja wohl ein Vollpfosten. Verwöhnter Schnösel mit langer Weile. Was hatte der hier zu suchen? Was wollten sie im Mörderhaus? Marie wusste, dass sie sich gedulden musste. Die Gute würde erst in einer Woche wiederkommen, sie war mit Sicherheit informiert. Marie musste wachsam bleiben und dafür sorgen, dass die Menschen weiterhin fernblieben von dem Haus, in dem das Rot tobte.

Langsam kletterte sie zurück durch den Wald und ließ sich erschöpft hinter den Schutzwall in ihr Nest von Heimatbaum fallen. Der Himmel war klar und nach und nach tauchten die Sterne auf. Marie malte sich Bilder mit ihnen. Malen nach Sternen. Es war kühl und sie legte die Jacke über den Schlafsack.

Und die große Mamatasche. Leiser Wind ließ die Blätter rascheln, und das ein oder andere löste sich vom Baum. Marie zog die wärmenden Beine an den Körper und erst als Taube landete und Dinge gurrte, fielen ihr die Augen zu. Wie immer keine Nachricht von der Mutter.

Am nächsten Morgen schrieb sie ihr eine.

»Das Haus ist unverkäuflich«, stand auf einem großen, roten Ahornblatt. Marie legte eine ihrer getrockneten Blüten dazu, rollte es sorgfältig zusammen und band es an Taubes Fuß.

»Du weißt wohin, flieg vorsichtig, sag schöne Grüße von Marie und lass dich von niemandem aufhalten. Komm bald wieder!« Sie strich dem grauen Tier über die glatten Federn und gab ihm dann einen Stups. Taube gurrte bis später und erhob sich über die Wipfel der Stadt.

Erst nachdem sie außer Sichtweite war, kletterte Marie zum Bach, um sich zu waschen, die Zähne zu putzen und ihren länger werdenden Zopf neu zu flechten. Sie wollte nicht verwahrlosen, sie war kein Baumork oder ein Wesen aus einem fremden Wald, sie war nur ein Mädchen, das in den Bäumen lebte. So hängte sie sich jeden Morgen und Abend mit den Beinen kopfüber an einen Ast und schöpfte das Wasser aus dem Bach. Manchmal schaukelte sie noch ein bisschen, betrachtete ihr Spiegelbild oder ließ ihre offenen Haare im Wasser schwimmen. Lauschte dem

Plätschern, suchte kleine Fische und äffte nach, wie sie atmeten, oder flippte Steine den Bachlauf hinunter. Schließlich wollten die auch mal etwas anderes sehen. Heute aber nicht. Marie war auf der Hut. Ihre Ruhe, zu der sie so mühsam über den Sommer gefunden hatte, war empfindlich gestört worden. Und das nicht nur vom nahenden Winter.

Sie ahnte, dass ihr kleiner Sabotageakt gestern nicht viel bewirkt hatte. Der Mann schien entschlossen und die Frau unerschütterlich begeistert.

Als sie einen schrillen Pfiff hörte, schwang sie sich in die schützenden Baumkronen nach oben und fand ihren Verdacht bestätigt. Der Junge streifte durch den Wald und suchte sie. Schwarz wie ein Panther, die Augen nach oben gerichtet. Vielleicht sollte sie ihn Panther nennen? Es stand ihm gut.

Ab und zu blieb er stehen, rief »Hallo« oder »Ist da jemand?« oder »Zeig dich!«. Er hatte sie gesehen und war neugierig. Aber wenn Marie nicht wollte, dass man sie sah, dann sah man sie nicht. Normalerweise. Gestern zu viel Wut, um vorsichtig zu sein. Ärgerlich, aber nicht zu ändern, sosehr sie es versuchte, es gelang ihr noch nicht immer, ihre Gefühle zu beherrschen. Vor allem die Wut.

Oben in den Bäumen schlängelte sie sich um die Stämme in Deckung und blieb ihm auf den Fersen, hörte ihn fluchen, sah ihn wütend in einen Ameisenhaufen treten und beschloss, dass der Name Panther viel zu schade für ihn war. Jeder heißt, was er ist. Pfosten also.

Nach einer halben Stunde gab er auf, so schnell, und trottete aus dem Wald Richtung Stadtkern. Marie saß im Nest und zeichnete ihn auf gelbes Papier. Pfosten von hinten auf Gelb.

Dann bezog sie ihren Beobachtungsposten, den Platz, von dem aus sie das Haus sehen konnte. Es geschah nichts und sie hoffte schon, dass der entschlossene Mann doch aufgegeben hatte, da fuhr er mit seinem Porsche vor. Vor dem Loch in der Scheibe klebte ein Stück Pappe und Marie musste grinsen, weil Schnauz von der Tankstelle sich sicher mal wieder an den Typen mit den fetten Luftverschmutzern gerächt hatte, sein kleines Spiel. So einer bekam den Termin erst in einer Woche, leider ausgebucht der Schnauz, so viel zu tun, er ist ja auch der Einzige am Ort.

Hinter dem Mann kam ein weiteres Auto, aus dem zwei Typen stiegen, denen er Anweisungen gab. Er schickte sie hierhin und dorthin, ließ sie messen und graben, notierte alles in seinem Laptop und war sich der Gefahr, in der er schwebte, nicht im Geringsten bewusst.

Marie lauschte. Das Rot blieb still. Wartete es ab, so wie sie? Würde es erst auftauchen, wenn sich die Familie zum Abendessen um den neuen Tisch im blutigen Wohnzimmer versammelt hatte? Sie wunderte sich, dass niemand ihnen erzählte, was in diesem Haus vorgefallen war. Oder hatte man es ihnen erzählt und es war ihnen egal? Nahmen sie es nicht ernst? Marie brauchte eine Idee, sie musste sie warnen, ihnen klarmachen, dass sie in Lebensgefahr schwebten. Aber für einen Plan muss man Informationen haben und die würde sie erst von der Guten bekommen, erst am Montag.

Sie musste sich in Geduld üben und verbrachte die folgenden Tage in angespannter Vorsicht. Das Baumversteck sichern, einerseits gegen die Blicke von Pfosten, der gelegentlich auftauchte, andererseits gegen das Rot. Sie sammelte Scherben und Dosen, außerdem Wurfsteine und Tannenzapfen, vervollständigte die Rotabwehr und beobachtete den Mann und die Frau, wie sie Besitz von dem Mörderhaus ergriffen, obwohl es ihnen noch gar nicht gehörte. Oder doch? Hatten sie es bereits gekauft?

Von der Mutter kam keine Antwort, Taube war mit leerem Fuß nach Hause gekommen. Entweder sie wusste gar nichts von dem Verkaufsvorhaben oder sie hatte ein schlechtes Gewissen. So war sie immer gewesen. Wenn sie einen Fehler gemacht hatte, übte sie sich in Schweigen. Auch das wurde ihr wohl zum Verhängnis beim Verhängnis.

Jori langweilte sich. In diesem Scheißkaff lag wirklich der Hund begraben, und dieses Mädchen, das er in den Bäumen gesehen hatte, war wie vom Erdboden verschluckt. Er hätte gerne mehr über sie gewusst, warum sie Steine warf zum Beispiel, was ja an sich eine coole Aktion gewesen war. Gelangweilt kickte er eine leere Dose die Straße hinunter, und dann roch es plötzlich nach Weed. Er konnte es kaum glauben, aber den Geruch kannte er in- und auswendig. Er lief ihm hinterher, wie ein Hund die Nase im Wind und entdeckte eine Kurve weiter zwei Typen, ungefähr in seinem Alter, die genau gleich aussahen und in einer alten, von Efeu bewachsenen Bushaltestelle lümmelten und rauchten. Vor ihnen stand ein echt geiles, aber total runtergekommenes Motorrad.

Alles also coolstmöglich. Sie schauten ihn an, rauchten in aller Seelenruhe weiter, der Blick allein schon Provokation, was willst du, hau ab, glotz nicht so und dann zertrat der eine den Jointstummel auf dem Boden, ohne Jori aus den Augen zu lassen. Der ließ sich nicht aus der Ruhe bringen. Er kannte solche Typen und hatte etwas in der Hosentasche, das ihnen gefallen könnte.

»Hey«, sagte er nur und baute sich lässig vor den beiden auf. Keine Antwort, kein Ansatz eines Lächelns, nichts Freundliches. »Was raucht ihr?«

»Geht dich nichts an.«

Jori zog seinen Klumpen Weed aus der Hosentasche. »Ist ziemlich gut. Hab ich mitgebracht.«

»Von wo?«

»Bremen.«

»Bist du der, der hierherziehen will?«

Jori schüttelte den Kopf. »Nein, ich will nicht.«

Da grinste der Typ und nickte. »Lass mal riechen.«

Jori hielt den Zwillingen das Weed unter die Nase, sie nickten anerkennend und machten ihm auf der angeknacksten Plastikbank Platz. Er setzte sich und fing an, einen Joint zu drehen.

»Deine Eltern wollen das Haus unten kaufen.«

Jori nickte, leckte die Paper an, klebte sie aneinander, verteilte den Tabak und bröselte das Weed hinein.

»Mein Vater hat es entdeckt und will es unbedingt haben. Keine Ahnung.«

»Cool, dein Vater.«

»Nee, echt nicht.« Jori zündete den Joint an und nahm einen tiefen Zug. Dann gab er ihn an den weiter, der die ganze Zeit redete.

»Jori übrigens.«

»Tim.«

»Tom.«

Also, wenn jemand cool war, dann wohl deren Eltern. Timtom, tomtim, timtom.

»Gibt nicht gerade viele, die ausgerechnet in dem Haus wohnen wollen.«

Jori horchte auf. Gab es da was, was er wissen musste?

»Kann ich mir vorstellen«, sagte er locker, »da ist ja auch echt alles total im Arsch.«

Tim und Tom grinsten sich an und Jori tat so, als würde er es nicht merken.

»Ja, und das ganze Blut!« Die beiden fingen an zu lachen und kriegten sich gar nicht mehr ein. »Du bist ja echt voll ahnungslos, Alter!«

Jori starrte auf den Boden und musste an die Flecken an der Wand denken. Und an den Geruch. Blut, ja, es hatte nach Blut gerochen.

Tim beugte sich zu ihm und blitzte ihn aus kleinen Augen an.

»Da hat eine ihren Typen abgestochen. Mitten im Wohnzimmer, wie ein Schwein, sag ich dir!«

»Und vor den Augen von Tree-Marie«, sagte Tom jetzt auch mal endlich was. »Voll die krasse Nummer.«

Jori versuchte sich nicht anmerken zu lassen, was diese Info mit ihm machte. Aber das war nicht schwer, die Zwillinge waren so breit, dass sie eh nichts mehr checkten. Ein Mord? Das musste er seinem Vater erzählen, da konnte man doch nicht einziehen irgendwie. Plötzlich hatte er das Gefühl, als würde ein Grollen näher kommen, wie ein Unwetter, aber der Himmel war klar, kein Wölkchen in Sicht. Er schüttelte sich und schob es auf das Weed.

»Wer ist Tree-Marie?« Er wusste es eigentlich schon, als er es fragte, er wusste, dass er eine Spur zu dem Mädchen gefunden hatte, dem Mädchen, das nicht wollte, dass jemand dieses Haus kaufte, und deswegen den Stein geworfen hatte.

Tim und Tom gackerten, sprangen auf und tollten wie Hunde lärmend und grölend die Straße entlang, spielten den Mord nach, wie sie es sich vorstellten, wie es gewesen sein musste, mimten stöhnend und schreiend den sterbenden Typen und winkten Jori, ihnen zu folgen. Sie wussten, wo das Mädchen wohnte, und sie wollten es ihm zeigen.

Marie flehte zum Himmel, zur Erde, zu den Bäumen, zu allem was sie sehen konnte, dass sie wieder verschwinden würden. Sie hatte sie kommen sehen, zu Fuß, total zugekifft, außer Kontrolle und mit Pfosten im Schlepptau.

»Tree-Marie, Tree-Marie, da wohnt unser kleiner Baumork, da auf dem großen Ahorn.«

Sie hatte sich versteckt, weiter weg, in einem anderen Baum, aber so, dass sie sie sehen und hören konnte, die Kontrolle behalten. Beobachtete Pfosten, wie er an Heimatbaum hochschaute, den Kopf schüttelte und sich wohl nicht vorstellen konnte, wie man überhaupt da hochkam, wie man da wohnen konnte, wie überhaupt alles möglich war.

»Tree-Marie, biste nicht zu Hause?«, brüllte Zwilling eins und der zweite stimmte mit ein. »Klingelingeling!«

Das Rot heulte auf, wurde zu laut, ihr Kopf dröhnte, sie zitterte am ganzen Körper, presste ihre Hände auf die Ohren, aber es half nichts. Sie sah, wie es sich zusammenballte, immer größer waberte, begann sich durch den Wald zu schlängeln, auf sie zu, auf Marie und die Jungs, alle würde es verschlingen. Marie musste in den Schutz ihres Baumes hinter ihre glitzernden, blinkenden, klingenden Dosen, zu den Steinen, zu Heimatbaum.

Die Zwillinge hatten genug, es war langweilig ohne Marie. »Komm, Alter, wir verduften, heute geht noch was ab bei uns! Sturmfrei!«

Pfosten kickte einen Zapfen gegen den Baum und schüttelte den Kopf. »Keine Zeit!«

Er vergrub die Hände in seinem Hoodie und ging. Das Rot stieß ein Triumphgeheul aus und Pfosten blieb noch mal stehen, drehte den Kopf, als hätte er es gehört. Die Zwillinge stießen lärmend zu ihm auf, konnten es ja bekanntermaßen nicht leiden, wenn sie abgewiesen wurden, und Marie konnte endlich, endlich in ihr geschütztes Nest zurück. Das Rot beruhigte sich langsam.

Später in der Nacht kam Eichhorn zu Besuch und sie kickten ein bisschen Nüsse hin und her. Die Sterne besänftigten das Wissen, dass die Gute morgen kommen würde, und dass Pfosten jetzt spätestens von dem Mord erfahren hatte und es sofort seinem Vater erzählen würde. Der wollte hier nicht in der kleinen Stadt leben, das drang ihm aus allen Poren, er würde alles dafür tun. Etwas an Pfosten berührte Marie. Wäre es ihr nicht egal, würde sie denken, einer wie er könnte dieser Stadt guttun. Er mochte die Zwillinge nicht. Und er konnte sehr gut hören. Oder ahnen. Sie schloss die Augen und wünschte ihm Glück.

Am Morgen kletterte Marie zu ihrem Beobachtungsposten, die Gute kam immer erst am frühen Nachmittag, sie hatte also noch Zeit zu sehen, wie die Maklerin wütend das unverkäufliche Haus absperrte. Umdrehen würde sie sich und gehen und sich vornehmen, es nie wieder zu versuchen. Aber als Marie auf dem Baum ankam, herrschte reges Treiben beim Haus. Der Mann schickte Leute von hier nach da, einer saß sogar auf dem Dach, sie vermaßen und notierten und planten. Es war ihnen also egal? Sie dachten wirklich, solche Ereignisse hätten keine Konsequenzen, so was passiert nur einmal und vielleicht bringt es sogar Glück? Marie drückte die Wut runter, die in ihr aufstieg. Oder hatte Pfosten sich mit den Zwillingen doch noch derart abgeschossen, dass er im Koma lag und nicht zum Erzählen gekommen war? Sie schnaubte verächtlich. Im Moment konnte sie nichts weiter tun und beschloss zu Heimatbaum zurückzukehren und auf die Gute zu warten.

Die war anders. Marie hätte es schon Weitem sehen können, wäre sie nicht so sehr mit ihrer brennenden Frage beschäftigt gewesen. Die Gute machte lange Schritte und störte sich nicht an den Unebenheiten des Weges. Sie fluchte nicht, schien konzentriert in sich versunken, die Sternenhaare merkwürdig glatt.

Marie wippte nervös mit dem Bein, saß in Habachtstellung auf ihrem Baum, sagte nicht »Hallo« oder »Wie geht's?«, sondern gleich »Wer will das Haus verkaufen? Was ist der Plan? Wem fällt so was ein?«

Die Gute setzte sich auf ihren Platz auf dem Boden bei Heimatbaum und seufzte. »Nun, ich wusste, dass du das nicht gut finden würdest.«

»Gut?« Maries Stimme überschlug sich. »Das ist doch gar kein Wort, was man dafür verwenden kann. Es ist einfach unmöglich.«

Die Gute blieb merkwürdig ruhig. »Kein Grund sich nicht an unsere Abmachungen zu halten. Weißt du, was das für mich bedeutet, wenn du Steine in Porschescheiben wirfst?« Marie zuckte zurück. Wie konnte die Gute das wissen? »Die Maklerin hat mich angerufen. Die will nämlich unbedingt die Provision haben.«

»Und ich will das nicht.«

Die Gute seufzte, verschränkte die Arme und schaute mit finsterer Miene zu Marie hinauf. »Hör mal, Marie, ich muss jetzt zwei Wochen an einer

Studienfahrt teilnehmen. Ich kann es nicht absagen, das würde mich wahrscheinlich ein ganzes Semester kosten.«

Marie schnaubte.

»Was? Ich weiß genau wie du, dass das ein sehr unpassender Moment ist, jetzt mit der Hausfrage und so. Deswegen müssen wir es auch heute eigentlich klären, weil ... weil echt, Marie, bitte halt die Füße still, bis ich wieder da bin. Wenn du irgendeinen Scheiß baust, hilft uns das beiden nicht. Bitte, versprich es mir.«

Marie versuchte ruhig zu atmen. »Ich baue keinen Scheiß. Ich versuche zu verhindern, was nicht passieren darf, auf gar keinen Fall passieren darf. Also: W-e-r v-e-r-k-a-u-f-t d-a-s M-ö-r-d-e-r-h-a-u-s?«

Die Gute deutete mit dem Kopf in die Richtung, aus der sie gekommen war, und erst jetzt entdeckte Marie eine junge Frau.

Sie stand da, schaute nervös zu ihr und sah ganz anders aus als früher. Als sie gegangen war.

Reflexartig kletterte Marie ein Stück höher, obwohl sie sich sicher sein konnte, dass die Schwester es niemals auf den Baum schaffen würde. Deren Bewegungen hatten schon immer eher im Kopf stattgefunden.

»Was will die hier?«

Die Gute winkte die Schwester herbei. »Lisa kann es dir erklären. Sie wird deine Fragen beantworten.«

Sie erreichte den Baum und die Gute entfernte sich, um die beiden allein zu lassen. Marie hatte nicht mehr mit ihr gesprochen. Kein einziges Wort, auch nicht, als sie bei den Pflegefamilien auftauchte und Marie zur Vernunft bringen sollte, weil der Karierten nichts mehr einfiel. Nun würde ihr nichts anderes übrig bleiben, sie zwangen sie dazu und Marie hasste sie dafür.

Die Schwester war blass und ihre Haare, die sehr dünn aus ihrem Kopf wuchsen, wirkten leicht fettig.

»Du siehst schlecht aus!«

Ihre Schwester nickte, schaute auf den Boden, um sich zu sammeln und dann wieder zu Marie hinauf.

»Ich weiß, dass du nicht mit mir sprechen willst und mir nicht verzeihen kannst. Das ist in Ordnung. Aber jetzt müssen wir nun mal.« Als Marie nicht antwortete, fuhr sie fort. »So Leute aus der Stadt interessieren sich für das Haus und würden es gerne kaufen. Die Maklerin hat das übernommen und sich an mich gewandt.«

»Ja. Nee.«

»Mama äußert sich nicht, ihr ist es anscheinend egal. Oder sie weiß halt mal wieder nicht, was sie machen soll.«

Marie schnaubte. »Dann ist doch alles klar. Was gibt es zu reden?«

»Ich möchte das nicht über deinen Kopf hinweg

entscheiden. Auch du bist dort groß geworden. Und alt genug.«

»Es ist ein Mörderhaus. Ein Haus, in dem der Tod wohnt. Niemand darf es kaufen und niemand darf da einziehen!«

Die Schwester fuhr sich durch die Haare. Ihr Gesicht sah gequält aus.

»Nicht schön, daran erinnert zu werden, was?« Marie spürte die Wut in sich aufsteigen, versuchte flacher zu atmen.

»Wäre es dann nicht umso besser, es für immer los zu sein? Die wollen das total umbauen, nichts wird an früher erinnern. Und wir könnten uns das Geld teilen.«

Marie schüttelte den Kopf. »Ich brauche kein Geld. Und du glaubst doch nicht wirklich, dass alles anders wird, nur weil man eine Wand neu anstreicht.«

»Wenn wir es nicht verkaufen, wird es einfach verfallen. Dann hat keiner was davon.«

»Doch. Dann ist es genau richtig!«

Leise grollte das Rot.

Die Schwester wurde ungeduldig.

»Hilft es dir eigentlich irgendwie, immer nur anti zu sein, dich gegen alles zu stellen, hier in deinen Bäumen? Kannst du nicht irgendwann mal einen Schritt weiter gehen und versuchen, das, was passiert ist, zu vergessen?«

Marie lachte schrill auf. Das Grollen war blitzartig

bedrohlich angestiegen. »Meinst du nicht, das würde ich gerne?«, schrie sie. »Geht aber nicht, weil das ...« Sie stoppte mitten im Satz. Nicht über das Rot sprechen. »Du darfst das Haus nicht verkaufen, du darfst nicht. Die Leute werden dort sterben und dann sind wir schuld. Noch mehr Schuld.«

Marie geriet außer sich. Sie ballte die Fäuste, donnerte gegen Heimatbaum, schrie gegen das Rot. Die Schwester wich zurück und schien noch blasser als zuvor. Sie schüttelte verzweifelt den Kopf und gab der Guten ein Zeichen.

Mit Marie war nicht zu reden. Sie musste allein entscheiden.

Die Gute eilte zu Heimatbaum und versuchte das tobende Mädchen zu beruhigen, fand nicht die richtigen Worte diesmal, war scheinbar nicht auf Maries Seite und wurde vom Grollen des nahenden Rots übertönt.

»Verschwinden Sie, hauen Sie ab!«, schrie Marie und natürlich konnte die Gute nicht wissen, dass sie das eher zu ihrem Schutz meinte, als zu ihrer Beleidigung. Sie konnte das drohende Rot nicht sehen, stand hilflos unter dem Baum und überlegte, was sie tun sollte. Hilfe holen? Krankenwagen, jemanden der eine Spritze hatte?

»Weg!«, schrie Marie. »Weg hier!«

Mit Tränen in den Augen wandte die Gute sich ab, ging Richtung Schwester, die sich in die Büsche übergab, und führte sie zum Auto. Sie fuhren davon und das Rot blies zum Angriff. Von allen Seiten drängte es sich durch die Äste, grollte, brüllte in höchster Wut. Marie kämpfte mit zwei Stöcken. Schlug gegen die Schutzabwehr, brachte alle Scherben und Dosen zum Schwingen und Klingen.

»Verschwinde, du kriegst mich nicht, mich nicht!«

Kletterte höher, versuchte der wabernden Masse, für die es kein Hindernis mehr gab, auszuweichen. Es kam von allen Seiten, bedrängte sie, ließ ihr keinen Ausweg, kletterte an ihr hoch, umschlang sie wie ein riesiger Oktopus, nahm ihr die Luft, nahm ihr die Kraft und den Mut.

»Jetzt komm, Marie, du bist doch sonst schneller als der Wind«, ruft Mama und ihr Rock fliegt beim Rennen. Marie ist schneller als der Wind und schneller als sie, schon jetzt mit ihren acht Jahren, aber die Dichte des Waldes beunruhigt sie, die Höhe der Bäume, aus deren Kronen man Gesichter denken kann. Trolle und Kobolde, Riesen mit dicken Nasen und gebückte Kräuterweiblein, hämisch grinsende Zwerge und Menschen mit weit aufgerissenem Mund.

»Müssen wir hier durchlaufen?«, ruft sie der ausgelassenen Mutter hinterher. »Müssen wir?«

»Wir dürfen, Mariechen. Du sollst lernen, wie schön er ist. Der Wald kann dich immer beschützen.«

Auf der Rückfahrt starrte Lisa aus dem Seitenfenster. Die Landschaft flog vorbei, weg von dem kleinen Ort mit den vielen Bäumen, weg von Marie, die in ihnen tobte. Wer würde ihr jetzt helfen? Auch Frau Schmitt vom Jugendamt schien deutlich angegriffen, sagte kein Wort. Wären sie doch nicht gekommen, diese blöden Leute. Warum wollten sie unbedingt dieses vergammelte Haus in dieser winzigen Stadt kaufen? Lisa war sehr gut zurechtgekommen ohne Mama und ohne Marie. Jetzt brachen sie wie ein Tornado in ihr Leben und es würde nicht leicht sein in der nächsten Zeit, sie einfach wieder zu ignorieren und sich selbst zu überlassen. Nicht leicht? Unmöglich!

»Sie werden sie nicht mehr ignorieren können. Es wird eine andere Lösung für Marie geben müssen«, sagte die Schmitt leise, als sie Lisa vor ihrem Haus absetzte. Sie sagte es so leise, weil sie wie Lisa wusste, dass das beinahe unmöglich war. Psychiatrie vielleicht, jemand musste Marie helfen, jemand, der sich auskannte mit diesen Dingen. Nicht Lisa. Sie stieg aus und nickte der Schmitt zum Abschied zu. Die reichte ihr noch eine Visitenkarte durchs Fenster. »Versprechen Sie mir, dass Sie sich melden, wenn irgendwas ist? Bitte. Ich hab kein gutes Gefühl und wenn ich könnte, ich würde diese Fahrt sofort abblasen.«

Lisa stand wie bedröppelt auf dem Gehsteig. Was sollte sie dazu sagen? Ihr wäre es auch lieber, die Frau würde hierbleiben.

»Es gehört zum Studium dazu. Ich setze mit der Betreuung von Marie eh schon alles aufs Spiel. Bitte.«

Lisa nickte nur, als wäre sie es, die der Schmitt Absolution erteilen könnte, schob die Karte in ihre hintere Hosentasche, drehte sich um und ging.

»Werden Sie das Haus verkaufen?«, rief die Schmitt ihr aus dem Auto nach. Aber auch darauf hatte Lisa keine Antwort.

Sie schleppte sich die Treppen zu ihrer Dachwohnung hoch, die ihr bisher wie ein Schutzraum vorgekommen war, ein Raum, wo das alles nicht hinkam. Lächerlich. Und ihr war schon wieder schlecht. Leise ließ sie den Schlüssel in die Schale fallen und ging ins Klo.

»Lisa?«

Paul war da?

»Ich komme gleich.« Wirklich ein Kunststück geräuschlos zu kotzen.

»Alles in Ordnung?« Er war zu besorgt, um nicht besorgt zu sein, obwohl er immer noch nicht ganz drüber weg war, dass Lisa ihm ihre Mutter verschwiegen und einfach behauptet hatte, sie wäre tot.

»Paul, ich komme gleich, wir sehen uns in der Küche.« Sie hörte, dass er tatsächlich Richtung Küche lief.

»Ich mache dir einen Tee!«

Lisa seufzte und sank neben der Toilettenschüssel auf den flauschigen Vorleger. Sie hatte ihm von einem Streit erzählt, und dass sie seitdem nicht mehr mit ihrer Mutter sprach. Sie hatte behauptet, dass die Mutter jetzt umziehen wolle und sie ein paar Sachen holen sollte. Sie hatte schlichtweg wieder gelogen. Ihre Mutter war seit Langem umgezogen.

Marie mit ihren Schreien. Marie, die gegen den Baum donnerte, bis ihre Handkanten bluteten. Lisa hielt sich die Ohren zu, atmete tief ein und aus und raffte sich auf, um in der Küche ihren Tee zu trinken. Um in Pauls besorgte Augen zu schauen und ihm wieder nichts erklären zu können.

Sie setzte sich zu ihm an den Tisch und er schob ihr die dampfende Tasse hin. Langsam ließ sie Honig hineinlaufen, beobachtete die Schlieren, die er in dem heißen Wasser hinterließ. Marie in diesen Bäumen. In dieser Verzweiflung und Wut.

»War es so schlimm bei deiner Mutter?« Pauls Stimme klang weich und warm und Lisa schaute hoch. Er lächelte aufmunternd.

»Wir ... wir haben uns einfach nicht wirklich was zu sagen.«

Paul legte seine Hand auf ihre. »Nächstes Mal komme ich mit.«

Lisa schreckte auf. »Nein, auf keinen Fall!«

»He, du weißt doch, wie ich bin. Das macht sie vielleicht lockerer. Und dich auch. Ich gehe einfach zu ihr, strecke ihr die Hand entgegen und sage ihr ...!«

»Paul.«

Er schaute sie mit runden Augen an, eine Braue hochgezogen, erstaunt über die Unterbrechung.

»Lisa, ich kriege das schon ...!«

»Paul.«

Er verstummte. Seit wann glaubte sie nicht mehr an seine unglaublichen Fähigkeiten, Menschen auf seine Seite zu ziehen? Seit wann wusste sie nicht mehr, dass er alles, aber auch alles lösen konnte?

»Ich bin schwanger!«

Die Tochter einer Mörderin wird dir ein Kind gebären.

»Schwanger?«

Langsam schlug sie die Augen auf. Über ihr die friedlichen Baumkronen, bunte Blätter, leise im Wind.

Marie versuchte sich zu bewegen. Alles tat weh. Sie hob ihre Hände, deren Kanten von Blut klebten, ballte die Fäuste, um die Haut zu spannen und setzte sich stöhnend auf.

»Na endlich.«

Sie sprang auf die Füße, bereit wie eine Katze auf der Jagd und erkannte zwei Dinge, die absolut unmöglich waren. Sie befand sich auf dem Boden und neben ihr saß Pfosten, die Knie lässig angezogen, und schaute sie an.

»Was machst du hier?«, stieß sie hervor und schwang sich mit einem Riesensatz, beinahe hinauflaufend, auf Heimatbaum.

»Wow! Das nenne ich mal klettern!«

»Seit wann bist du da?« Seine Anwesenheit versetzte Marie in Aufruhr, sie wollte nicht, dass er irgendwas gesehen haben konnte. Sie oder das Rot.

»Seit gerade erst! Du lagst hier und ich wollte dir helfen. Sorry, keine gute Idee anscheinend.«

Marie legte eine Hand auf die deutlichen Wunden von Heimatbaum und entschuldigte sich im Geheimen bei ihm.

»Dann kannst du jetzt ja wieder gehen.«

»Hast du den Wald gekauft?«

Marie wollte allein sein, keine Fragen beantworten, Luft holen. Augenscheinlich hatte sie den Angriff überlebt, fühlte sich erschöpft, ihr Körper schmerzte. Dafür brauchte sie nun wirklich keine

Zeugen. Noch nie war das Rot unter freiem Himmel so ausgerastet. Marie kannte das nur aus den vielen geschlossenen Räumen, in denen sie hatte ausharren müssen. Es schnürte ihr die Kehle zu und sie musste sich etwas überlegen. Denn wenn das Rot auch draußen die Überhand gewann, dann gab es gar keinen Ort mehr auf der Erde, wo sie sich aufhalten konnte.

Aber zuerst musste sie diesen Pfosten loswerden. Langsam kletterte sie zu ihrem Nest und setzte sich leise stöhnend. Aus den Augenwinkeln sah sie Eichhorn. Er beobachtete sie aus seinen schwarzen Augen. Ein Freund. Marie beruhigte sich langsam.

»Also danke«, sagte sie zu Pfosten runter, in der Hoffnung er würde dann gehen. Aber er rührte sich nicht. Malte mit einem Stock Halbkreise in den weichen Boden.

»Warum willst du nicht, dass mein Alter das Haus kauft?«

»Du kannst überall hingehen in diesem Wald. Der Wald ist riesig, es gibt Hunderte von Plätzen, an denen du Halbkreise malen kannst.«

»Deine Mutter hat da jemanden umgebracht.«

»Vielleicht bist du ein Stalker. Ich rufe die Polizei.«

Pfosten lachte kurz auf.

»Ich will nicht mit dir reden.« Marie tauchte ein Tuch in die Schale, die sie aufgestellt hatte, um Regen zu fangen, und begann ihre Handkanten vom Blut zu reinigen. Eine Weile blieb es still.

»Es ist so«, sagte Pfosten dann und stand auf, um sie mit seinen Worten besser erreichen zu können. »Ich will nicht in dieses Haus ziehen. Ich will nicht hier sein. Das ist ein ödes Kaff. Ich habe hier nichts zu suchen und meine Freunde wohnen woanders.«

»Das ist dein Problem.«

»Du willst nicht, ich will nicht. Unseres!«

»Dann sag es deinem Vater.«

»Was?«

»Das, was du weißt.«

»Was weiß ich?«

»Genug.«

Pfosten lehnte sich an den Baum und Marie dachte an die Gute, die auch immer so dagestanden hatte. Jetzt einfach mal weggefahren. Für genau die zwei Wochen, in denen sich alles entscheiden konnte. Machte man das so? Einfach abhauen? Marie hatte sich das anders vorgestellt.

Man sollte mit niemandem reden.

»Ich hab's ihm gesagt.«

Natürlich hatte er. Die unangenehmen Zwillinge stehen gelassen und in die Pension gelaufen, in der sie hausten.

»Hey, gib uns wenigstens noch Weed«, hatte Timtom ihm hinterhergebrüllt, aber warum sollte er und überhaupt, solche Leute hielt man besser auf Abstand. Die hatten nur Scheiße im Kopf, waren ohne Grund gemein, weil sie es konnten, weil es sie ihrer Meinung nach stark machte, wenn andere Angst vor ihnen hatten. Und überhaupt, was für ein herrliches Gefühl die Welt zum Zittern zu bringen, nur weil man da ist.

Nee, er hatte jetzt echt was Besseres zu tun, nämlich die Chance, seinen Arsch zu retten.

In der Pension »Zum goldenen Schwan« ruhte seine Mutter mit Schlafbrille und Ohrstopfen, der Vater saß an dem Tisch am Fenster, hatte das weiße Spitzendeckchen zur Seite geknüllt und brütete über den Plänen des Hauses. Mürrisch schaute er auf, als sich ihm Jori ins Licht stellte. »Was?«

»In dem Haus ist einer ermordet worden, erstochen.«

»Und?«

»Das bringt Unglück, ich meine, in so ein Haus zieht man nicht, das ... das macht man einfach nicht.«

Der Vater wandte sich wieder den Plänen zu, tat Jori ab, winkte ihn quasi weg, Schluss mit dem Blödsinn.

»Wer sagt das? Vielleicht macht man es auch genau deswegen, Jori. Und jetzt hör auf mit dem Weibergeschwätz!«

Jori fühlte, wie die Wut in ihm hochstieg, wie sehr er es hasste, dass dieser Typ, der sich Vater nannte, immer genau das machte, was er wollte, und nur er, dass er der festen Meinung war, ihm könnte nichts passieren, egal über wen oder was er hinwegrollte.

»Apropos Weiber, was sagt Mama dazu?« Jori sprach extra laut und der Vater packte seinen Arm mit seinem Schraubstockgriff, hielt ihn fest und blitzte ihn an.

»Deine Mutter interessiert das nicht, hörst du, Jori! Es ist uninteressant und vollkommen belanglos!«

Marie schaute zu Pfosten hinunter. »Und?«

»Es ist ihm egal. Der hört mir gar nicht richtig zu. Das hat er noch nie. Für ihn ist das, was er denkt, die Wahrheit. Und wenn man von allem die Wahrheit kennt, braucht man keine andere. Er lebt in seiner Welt, ich kann ihn da nicht erreichen.«

Marie wich zurück vor der Offenheit, die ihr entgegenschlug. Sie wollte das nicht wissen, nichts über Pfosten und seinen Vater, nichts über niemanden. Warum erzählte er ihr das, ausgerechnet ihr und so viel? Sie zwang sich zur Ruhe.

»Und deine Mutter? Oder hat die nichts zu sagen?«

Pfosten zuckte mit den Schultern. »Ich denke, er hält es vor ihr geheim, könnte wohl einen Aufstand geben.«

»Dann sag's ihr.«

Er schüttelte den Kopf. »Er bringt mich um.«

Als ob. Als ob Eltern ihre Kinder umbringen. Meistens nicht. Obwohl. Alles ist möglich. Maries Magen zog sich zusammen und schon hörte sie es wieder leise grollen.

»Könntest du gehen? Bitte?«

Pfosten vergrub die Hände in den Hosentaschen und schaute zu ihr hoch. »Und du warst echt dabei?«

Marie versuchte ruhig zu atmen. »Bitte!«

Da drehte er sich langsam um.

»Hey Pfosten! Er darf das Haus nicht kaufen!«, rief sie ihm hinterher.

Pfosten drehte sich nicht mehr um. »Er wird! Und ich heiße Jori!«

Sie schaute ihm nach, wie er immer kleiner wurde. Stellte sich vor, sie könnte ihn so klein, nicht größer als Eichhorn, zu sich auf den Ast setzen. Es würde keine Gefahr von ihm ausgehen. Sie könnte ihm unbeschadet zuhören.

Marie beschloss, Schnauz zu besuchen. Sie musste neu denken. Die Gute war erst mal raus, auf sie konnte sie sich im Moment nicht verlassen, ihre Schwester, die Maklerin, der Vater, alle wollten das Mörderhaus kaufen oder verkaufen und die, die es hätte aufhalten können, übergab die Verantwortung. Während sich Marie mithilfe ihres Hakenseiles einen Weg durch die Bäume zu Schnauz' Tankstelle suchte – zu ihm war sie noch nie geklettert –, dachte sie darüber nach, wie sie ihre Mutter verstehen sollte. Und ob überhaupt. Hatte sie jeden Bezug zum Außen verloren?

Marie konnte fühlen, dass einem alles egal wurde, wenn man in einer winzigen Zelle wohnte. Andere Sachen wurden vielleicht wichtig. Was es zu essen gab, ob man mit den anderen Insassen einigermaßen klarkam, für welchen Job man nächste Woche eingeteilt war, Essensausgabe oder Wäsche? Was machte sie, wenn sie in ihrer Zelle saß? Starrte nur an die Wand? Formte Gestalten aus abgeblättertem Putz, neue Freunde, Leute, mit denen sie reden konnte? Sie schlief viel, die Mutter hatte immer viel geschlafen. Getobt, geschlafen, getanzt, geschlafen, gelacht, geschlafen. Jetzt nur noch schlafen. Es war egal geworden, was draußen geschah. Dass man keinen Bezug mehr hatte zu Bluthäusern oder Töchtern, die auf Bäume einschlugen. Das Haus war da, ja, aber was konnte man tun? Was konnte sie als Mörderin schon tun?

Sie konnte zum Beispiel Nein sagen. Sie konnte es verbieten. Marie ballte die Fäuste. Warum war sie die Einzige, die die Folgen sah? Warum?

Hinter der Tankstelle sammelte Schnauz alles. Schrott, Blech, kaputte Geräte, Maschinenteile, Ölfässer und – darauf hatte es Marie abgesehen –, halbleere Farbdosen. Sein Sammelhaufen hatte sich so weit ausgedehnt, dass Marie tatsächlich eine reale

Chance hatte, von den Bäumen aus fündig zu werden. Leise dudelte die Musik, die Schnauz so liebte, aus der Tankstelle zu ihr herüber.

»Ich weiß, es wird einmal ein Wunder gescheh'n, und dann werden tausend Märchen wahr ...«, sang eine tiefe Frauenstimme. Er hörte es noch. Das Lied, zu dem er mit der Mutter durch den Laden getanzt war. Manche Menschen hören nie auf, an Wunder zu glauben. Warum hatte sie nicht ihn genommen damals? Den, der niemandem etwas zuleide tun konnte, der ganz geradeheraus sagte, was er dachte, und sie und die Schwester zumindest gemocht hatte. Mag einen jemand, wenn er Süßigkeiten bringt, um die Hausaufgaben zu erleichtern? Mag einen jemand, der das Matheergebnis ganz beiläufig durch den Raum singt? Schnauz mit seinem dicken Haarbüschel über den Lippen.

»Man kann ja nicht mal sehen, ob er einen Mund zum Küssen hat«, hatte die Mutter immer gesagt und dabei simsalabimgelacht. Nein, das konnte man nicht. Aber das Verhängnis trug nur einen Strich im Gesicht. Als hätte jemand mit dem Messer eine Öffnung hineingeschnitten, eine Klappe, die auf und zu ging und leise böse Worte flüsterte.

Marie musterte die Sammlung und fand den Haufen mit den Spraydosen. Sie maß den Weg durch die Bäume bis zu dem, von dessen Ast sie sich kopfüber würde runterhängen lassen müssen, um dranzukommen. Nicht einfach, aber machbar. Vorne an der Tankstelle stand ein Auto, Schnauz war also beschäftigt.

So leise sie konnte, ließ Marie sich zu den Dosen hinab, schnappte eine, leer, die nächste, besser, und dann noch zwei, verstaute sie in der Elefantentasche.

»Hände hoch!«

Marie starrte Schnauz über Kopf hängend an und konnte nichts denken, als wie genau er das wohl meinte, und ob ihre Hände nun nicht eigentlich schon oben waren, da sie an ihrem Kopf vorbei nach unten hingen, wobei sich oben und unten merkwürdig vermischten an dieser Stelle.

Schnauz grinste unter seinem Bart und zauberte einen der kleinen Lollis hinter seinem Rücken hervor. Einen von denen, die innen drin voll Kaugummi sind und die Marie als Kind so sehr geliebt hatte. So ein Lolli konnte sie damals für mehrere Stunden glücklich machen. Sie nahm ihn, zog sich langsam an dem Ast hoch zum Sitzen und ließ Schnauz keine Sekunde aus den Augen. Auf der Hut. Er tippte sich an die haarlose Stirn, zwinkerte wie ein Kumpel, drehte sich um und ging zurück zu seiner Tankstelle.

»Schön, dich mal wieder gesehen zu haben!«

Am nächsten Morgen erwachte Marie nicht vom Gezwitscher der Vögel. Nicht von Taubes Gurren. Nicht vom kleinen Eichhornschwanzstreichler.

»Marie Helene Brandt!« Sie kannte diese Stimme, hatte sie allerdings noch nie so wütend gehört. Die Karierte.

Marie setzte sich auf und strich sich eine Haarsträhne aus dem Gesicht.

»Du warst das!«

Natürlich. Aber das würde sie doch nicht zugeben. Was wollte sie also?

Die Karierte wartete. Trat von einem Fuß auf den anderen. Knetete ihre Hände, drohte zu explodieren. Sie wusste, dass Marie es war, jeder wusste es und wenn sie es nicht gewesen wäre, hätte es trotzdem jeder gedacht.

»Das war's, meine Liebe, das geht so nicht!«

Marie öffnete ihren Zopf und strich sich mit der Fingerbürste durch die Haare, um ihn dann sorgfältig neu zu flechten.

Die Karierte schlug mit der Faust gegen Heimatbaum, der nun eigentlich überhaupt nichts dafür konnte. »Du weißt, dass du damit nicht nur dir schadest? Wir haben uns auf das Experiment eingelassen, sind dir entgegengekommen, damit es dir besser gehen kann. Aber wir werden auch zur Rechenschaft gezogen, für das, was du veranstaltest. Weißt du das? Kannst du das einfach so ignorieren?«

Marie knotete den Zopf mit einer Schnur aus Grashalmen zu. Ja, sie konnte das ignorieren. So wie sie ignorieren konnten, was sie anrichteten. So wie sie einfach wegfahren konnten. So wie es ihnen einfach egal war, was die Folgen ihrer Ignoranz waren.

»Kommst du bitte runter?«, schnaubte die Karierte.

Marie blieb, wo sie war, und die Betreuerin versuchte ruhig zu bleiben, was sie derart anstrengte, dass ihr Gesicht rot anlief und sich mit dem blaugrünen Karo ihrer Bluse einen Farbenkampf lieferte.

»Ich möchte gerne mit dir reden und dafür wäre es ganz gut, wenn du mal runterkommen würdest.« … »Das ist Sachbeschädigung, was du da gemacht hast.« … »Ich weiß von Frau Schmitt, was eure Vereinbarungen waren. Du klaust nicht, du gehst niemandem auf die Nerven, keiner hat einen Nachteil von deiner Existenz.« … »Kommst du jetzt mal runter bitte! Sofort!«

Die Karierte machte hinter jedem Satz eine Pause. Um neu Luft zu holen. Um einen weiteren stichhaltigen Gedanken vorzubringen. Oder um zu betonen, wie wichtig jeder einzelne war.

Marie rührte sich nicht.

»Also, wer sollte das sonst gewesen sein, außer dir? Weißt du, Marie, es ist ganz leicht, das wieder wegzukriegen, die wollen eh das gesamte Haus neu verputzen. Wenn sie es kaufen. Aber darum geht es nicht. Es geht ums Prinzip. Es geht darum, dass das nicht erlaubt ist, dass man das einfach nicht macht.« … »Ich weiß ja, wie sehr dich das bestimmt belastet. Ich weiß, was du erlebt hast, und ich versteh dich, echt.«

Marie schaute nach der Sonne. Zeit, sich waschen zu gehen, eh schon spät dran.

»Hey, kannst du mal bitte ... hallo? Du kannst doch jetzt nicht einfach ... Also, das gibt es doch gar nicht! Wir hören uns noch! So einfach wirst du mich nicht los! So nicht!«

Wäre es nicht in ihrem Studienplan enthalten gewesen, wäre sie niemals nach Norwegen gefahren. Italien mit seinen geschichtsträchtigen Städten, Kroatien mit dem schönen Meer, Griechenland, aber wer fährt denn schon in den Norden? Und wäre ihr nicht dauernd Marie im Kopf herumgespukt, Marie und das unangenehme Gefühl, dass das nicht gut gehen würde, und dass sie eigentlich hätte absagen müssen, sie hätte es wirklich genossen. Die Landschaft, die Stadt in den vielen Bergen und das interessante soziale Projekt, das vorgestellt wurde und beinahe gegen jedes Gesetz in Deutschland verstieß, aber sehr erfolgreich war. Natürlich hatte sie irgendwann von Marie erzählt, und auch davon, was für sie dabei auf dem Spiel stand. Was sie fand, war Bestätigung und Zuspruch. Marie musste nur diese zwei Wochen eskalationsfrei überstehen. Zwei Wochen, in denen das Mörderhaus zur Diskussion stand, in denen sie all ihre Wunden aufreißen würden. Es konnte nicht gut gehen. Sie hätte nicht fahren dürfen, sie, Elena Schmitt saß in dieser kurzen Pause am Meer, trank einen Kaffee, genoss die salzige Luft und beobachtete die Möwen. Bis ihr Handy klingelte, die Chefin im Display angezeigt wurde und sie schon vorher wusste, dass Marie es nicht sehr lange ausgehalten hatte.

»Schmitt, hallo Sabine!«

Graffiti an die Hauswand gesprüht, totale Eskalation, aus der Verantwortung entlassen, Sitzung mit Entscheidung asap, getrost weiter das Meeresrauschen genießen, Konsequenzen dann live.

Elena konnte sich genau vorstellen, wie ihre Vorgesetzte in einer ihrer karierten Blusen auf dem Gang hin und her lief, sich die Haare raufte, bereute, jemals auf diesen Deal eingegangen zu sein und ihre Wut an ihrer Studentin ausließ.

»Was hat sie geschrieben? Ist es sicher, dass es Marie war?«

Wer sollte es sonst gewesen sein, nicht wichtig was, sondern dass, und sie dann einfach unterm Baum stehen lassen, vorgekommen wie eine Idiotin, krank, aber nicht auf der Nase tanzen.

Elena stand auf und lief einfach los. Weg von Meer und Möwen.

»Ich komme, ich kümmere mich darum.«

»Kümmern Sie sich um Ihr Studium, damit Sie was lernen. Ich mache das hier.« Klack. Aufgelegt.

Sie ließ das Handy sinken, schlang die Arme um den Körper und versuchte irgendwie sich selbst zusammenzuhalten, nicht in tausend Teile zu zerspringen. Marie! Sie fühlte ihren Druck, sie verstand, warum es nicht anders ging, und sie wusste:

Sie hätte man damals auch nicht allein lassen dürfen.

5

Als der Vater, ohne anzuklopfen, in sein Pensionszimmer gerauscht kam, wusste Jori, dass etwas passiert sein musste. In den allermeisten Fällen hatte er dann etwas falsch gemacht.

»Komm, wir gehen frühstücken!«

Jori hörte die Mutter nebenan Schubladen aufziehen. Anscheinend war sie genauso unsanft geweckt worden. Unentwegt redete sie mit dem Vater, obwohl der riesengroß in Joris Zimmertür stand und nicht antwortete.

»Was ist denn bloß passiert? ... Also ich brauche noch ... so schnell ... du könntest ja wenigstens sagen ...!«

»Kein Bock«, sagte Jori und zog sich die Decke über den Kopf. Obwohl er wusste, dass Widerstand zwecklos war, leistete er ihn immer mal wieder. Nur um nicht gleich einzuknicken. Um nicht wenigstens gesagt zu haben, dass er nicht wollte.

»Ich erwarte dich in zehn Minuten unten vor der Pension.«

»In zehn Minuten, Olli, ich bin doch noch gar nicht geschminkt.«

Die Tür klappte zu und Jori setzte sich auf. Irgendetwas war vorgefallen. Aber das konnte bei seinem Vater alles sein. So ungefähr wie: »Ein Blatt hat sich rot verfärbt, obwohl es eigentlich gelb werden sollte.« Oder: »Die Hupe geht nicht mehr.« Nicht, dass sein Vater hupen wollte, aber es ging nicht, dass sie nicht ging. Aber auch: »Oma ist tot.« Es konnte sich also eventuell sogar lohnen, ihm zuzuhören.

Jori zog Hoodie und Hose an, einmal kurz über die Zähne und durch die Haare, fertig. Konnte er von den Zwillingen erfahren haben, der Kifferei? Jori zuckte mit den Schultern. Und wenn!

Seine Eltern erwarteten ihn vor dem Haus, die Mutter auffallend provisorisch schick und höchst unglücklich darüber.

Wortlos drehte sich der Vater um und ging vor, und Jori und die Mutter liefen ihm hinterher. Wie immer.

»Weißt du, was los ist?«, zischelte die Mutter ihm zu, während sie sich Lippenstift aufmalte. »Du hast doch nichts angestellt, oder Jori?«

Jori schüttelte den Kopf und vergrub die Hände in den Taschen seines Hoodies. Dort ertastete er noch ein Stück Restjoint, vielleicht erst mal einen durchziehen, aber da erreichten sie das Café Vaters Wahl und setzten sich um einen runden Tisch draußen.

»Warum frühstücken wir denn nicht in der Pension, Olli?«

»Wir müssen was besprechen und das brauchen nicht alle zu hören. Außerdem habe ich Lust auf frische Brötchen!«

Erst nachdem sie alle etwas bestellt hatten und die Mutter nicht müde geworden war zu betonen, dass es viel zu kalt hier draußen war, was keinen kümmerte, schob der Vater sein Handy auf den Tisch und nickte Jori zu. Er beugte sich darüber und sah das Foto eines riesigen Graffitis: MÖRDERHAUS. In Blutrot.

»Was ist das, was soll das sein?«

Der Vater schob der Mutter das Handy rüber, ohne Jori aus den Augen zu lassen, sie schaute und schlug entsetzt die Hand vor den Mund. »Ist das auf unserem Haus?«

Er nickte, sein Blick ruhte auf Jori. Der verzog keine Miene und lehnte sich wieder zurück. Dabei hätte er so gerne gegrinst. Die Faust geballt. Der Tree-Marie all seinen Respekt gezollt.

»Und?«

Er zuckte mit den Schultern, nahm seinen Kaffee entgegen und beschäftigte sich intensiv mit der Zugabe von Milch und Zucker.

»Warst du das, Jori?«

Jori schüttelte den Kopf.

»Weißt du, wer es war, Jori?«

Er schüttelte wieder den Kopf.

»Olli!« Jetzt mischte sich die Mutter ein. Sie war aufgeregt, schaute von einem zum anderen, fuchtelte mit ihren Händen herum und stieß gegen ihr Wasserglas. Der Vater fing es mit einer schnellen Bewegung auf und stellte es wieder hin. »Was hat das zu bedeuten?«

Er legte seine Hand auf ihre, um sie zu beruhigen, und schaute Jori an. »Ja, was hat das zu bedeuten, Jori?«

Wieder wollte er leugnen, irgendetwas zu wissen, aus reiner Gewohnheit, aber er entschied sich um. Seine Mutter wurde eingeweiht und das war eine Chance. Marie hatte ihm den Weg bereitet, da sollte er ihn wohl auch beschreiten.

Er rührte in seinem Kaffee. »In dem Haus wurde ein Mann umgebracht!« Die Mutter schlug wieder die Hände vor den Mund, der Vater lehnte sich zurück. »So vor zwei Jahren. Deswegen steht es leer!«

»Du meine Güte, dann können wir nicht da einziehen, oder Olli? Ich meine, wer weiß, was da für ein schlechtes Karma drin ist. Man hört ja so einige Geschichten. Neulich habe ich einen Film gesehen …!«

»Das war ein Film!«, unterbrach sie der Vater und wandte sich wieder an Jori. »Was weißt du noch darüber?«

Der zuckte mit den Schultern. Nichts, Marie hatte ihm ja nichts erzählt.

»Aber jemand will uns ja wohl eindeutig warnen, oder Olli?«

Der Vater nickte ihr zu. »Wer könnte denn etwas dagegen haben, dass wir da einziehen? Ich meine, außer du, Jori!«

In diesem Moment hielt ein schickes, kleines Auto auf der anderen Straßenseite und das Fenster wurde hinuntergelassen.

»Familie Koch? Darf ich kurz stören?« Es war die Zobel und die kam gerade recht.

Der Vater nickte, während die Mutter mit dem Kopf schüttelte. »Klar, dass die jetzt kommt, die hast du doch bestellt, oder Olli, damit sie uns überredet.«

Die Maklerin lief, wie immer todschick und geschäftig, ihre Laptoptasche nah am Körper über die Straße, schnappte sich einen Stuhl vom Nebentisch und setzte sich zu ihnen. Sie faltete die Hände im Schoß, schaute die Familie an und nickte. »Sie haben es schon entdeckt.«

Jori versuchte sich nicht anmerken zu lassen, dass all seine Sinne bis aufs Äußerste gespannt waren. Jetzt würde die Tree-Marie ins Spiel kommen, dieses Mädchen mit dem langen Zopf, das besser klettern konnte als ein Affe, das sich seine Hände an Bäumen blutig schlug, wütend war und nicht zu erreichen. Das Mädchen, das den Boden nicht berührte, auf dem ihm so unendlich langweilig war. Das Mädchen, von dem er heute Nacht geträumt hatte, das ihn vom ersten Augenblick an so beschäftigte, auch wenn er nicht wollte.

Die Zobel zeigte mit dem Daumen über ihre Schulter Richtung Wald. »Sie wohnt in den Bäumen, seit ihre Mutter den Stiefvater in dem Haus, das Sie kaufen wollen, umgebracht hat. Marie Brandt. Ich hatte Ihnen ja davon erzählt, Herr Koch.«

Die Mutter gab einen pfeifenden Laut von sich und der Vater rückte sich etwas gerader auf dem Stuhl zurecht.

»Ich denke, sie war das mit dieser Schmiererei. Ich wollte Ihnen nur versichern, also wenn Sie überhaupt noch interessiert sind ...?« Die Zobel warf einen fragenden Blick in die Runde, die Mutter schüttelte den Kopf, der Vater nickte. »Also, dass das nicht mehr vorkommen wird. Das Jugendamt hat bislang ein Auge zugedrückt, wegen ihrer psychischen Situation und nach allem, was sie erlebt hat, aber da gab es Auflagen. Die hat sie nun eindeutig nicht eingehalten. Ich habe mich an die Chefin gewandt, nachdem die zuständige Sozialarbeiterin da offensichtlich nicht die Zügel in der Hand hält und sich noch dazu derzeit aus dem Staub gemacht hat. Das wird so nicht weitergehen.«

»Wie?«, rutschte es Jori raus.

Sofort nahm ihn der Vater ins Visier. »Kennst du das Mädchen, Jori?«

»Nö, aber ist doch interessant, wie es nicht weitergeht!«

Das Mädchen saß in ihrem Nest im Heimatbaum und verstrich Farbe mit dem Ende ihres langen Zopfes auf dem Papier von der Guten. Schlappe hatte ihr Alleinekuchen gebracht und sie aß ihn langsam, ließ jedes Stück auf ihrer Zunge weich werden, um den Geschmack so lange wie möglich im Mund behalten zu können. »Du musst aufpassen«, hatte Schlappe gesagt, »sie sind wieder unterwegs, die Kleinen und Wehrlosen zu knechten!«

Marie hatte genickt und jetzt dachte sie darüber nach, wie sie mit der Karierten weiter umgehen sollte. Die würde das so nicht auf sich sitzen lassen und die Gute war noch zu lange weg. Warum hatte sie das bloß gemacht? Wie war das mit der Verantwortung, die man bereit war zu übernehmen? Konnte man sie einfach wieder abgeben? Wie man gerade Lust hatte? Oder eben mal kurz Pause, Stopp drücken, als würde dann alles anhalten? Anscheinend. Alle konnten das, ihre Schwester, ihre Mutter, jetzt auch die Gute. Vielleicht war sie ein Mensch, für den keiner Verantwortung übernehmen wollte. Nicht auf Dauer, also, nicht so lange, wie Verantwortung dauerte oder dauern sollte. Wie lange ist das? Und hatte Marie überhaupt darum gebeten? Sie konnte sehr gut auf sich aufpassen. Warum ließen sie sie nicht einfach in Ruhe? Schließlich wusste sie selber, dass man keine Häuser ansprühte. Hätte sie ja auch nicht. Aber keiner übernahm Verantwortung, also musste sie es tun.

Taube landete einen Ast höher und gurrte Hallo. Keine Nachricht von der Mutter an ihrem Fuß. Keine Verantwortung. Marie gab ihr etwas von den Kuchenkrümeln ab. Taube konnte ja nichts dafür.

Als sie plötzlich aufflatterte und davonflog, obwohl noch Krümel herumlagen, wusste Marie, dass sie nicht mehr allein waren im Wald.

»Hey, Tree-Marie, geile Aktion!«, brüllte Zwilling eins zu ihr hoch. Warum blieb er nicht zu Hause oder in seiner Bushaltestelle? Er könnte mit seinem Motorrad über Hindernisse fahren oder sich den Kopf wegballern, er könnte so viel tun. Warum also war er hier? Marie rührte sich nicht, spürte aber, wie ihr Körper sich anspannte. Immer bereit zum Sprung. Fluchtpferd.

Die Zwillinge blieben unter Heimatbaum stehen.

»Willste unser Haus nicht auch ein bisschen verschönern?«

»Ja genau, unseres ist noch ganz ohne Beschriftung!« Zwilling zwei. Nie eine eigene Idee.

»Kann bloß sein, dass du nicht mehr dazu kommst, Funkenmariechen, pass gut auf, die sind hinter dir her!«

In diesem Moment kam Pfosten dazu, grüßte Richtung Zwillinge, Faust an Faust, gute Freunde anscheinend doch, auch der noch. Da war das Grollen dann ja wohl auch nicht mehr weit.

Er holte etwas aus seinem Hoodie und gab es den Jungs.

»Geht schon mal vor und baut was Feines draus!« Die Zwillinge, sofort angefixt, Weed siegte über alle anderen Bedürfnisse, zum Beispiel Baummädchen zu traktieren, machten sich vom Acker, nicht ohne noch Kommentare stehen zu lassen.

»Und du legst hier noch dein Ei?«

»Kannste vergessen bei der!«

»Mach nicht zu lange, sonst ist alles weg!«

Marie wischte die Farbe aus ihrem Zopfende, zog die Beine an den Körper und schaute zu ihm runter. »Danke, das war nett.«

Verwundert schaute er zu ihr hoch. Als ob er gedacht hatte, sie könnte sich nicht bedanken.

»Hey, Tree-Marie!«

»Pfosten?«

»Jori!«

»Marie!«

Er setzte sich unten an Heimatbaum und schaute in den Wald. »Bist du nicht manchmal allein?«

»Viel zu wenig.«

»Die Maklerin war bei meinen Eltern. Sie sagt, das kommt nicht wieder vor!«

Marie tunkte ihren Zopf erneut in die Farbe und bemalte sich die Fußnägel damit. »Das kann sie nicht wissen.«

»Ich wollte dich nur warnen.« Fast hätte Marie sich schon wieder bedankt.

»Was hat deine Mutter gesagt? Kaufen sie das Mörderhaus?«

Pfosten zuckte mit den Schultern. »Unsicher. Die Aktion war wirklich gut und meine Mutter zumindest ziemlich unbegeistert.«

Marie wackelte mit den Zehen, damit der Wind die Farbe trocknen konnte.

Pfosten stand auf, legte die Hände an den Baum und schaute zu ihr hoch. »Warst du dabei damals? Hast du es gesehen?«

»Morgen soll es noch kälter werden. Wenn ich ganz früh aufwache, dann sehe ich schon den Nebel und das Weiß, das er auf die Wiesen legt. Eichhorn hat noch nicht genügend Vorräte gesammelt, manchmal denke ich, er ist ein bisschen faul. Aber ich werde ihm helfen. Ich sehe, dass er Sorge hat. Ich sehe den Winter nahen. Ich sehe, dass du immer noch da bist.«

Pfosten lehnte sich an den Baum und ließ die Hände in seinen Hoodie verschwinden. »Hey, Tree-Marie, was hältst du davon, wenn wir gemeinsame Sache machen?«

»Wenn der erste Schnee kommt, werde ich in ihm leben, wie Heimatbaum und all die anderen!«

Jori senkte den Kopf und schaute auf den Boden. »Ich werde dich nicht verraten, ich werde für dich kämpfen und wir kämpfen zusammen darum, dass meine Eltern dieses Haus nicht kaufen und ich zurückziehen kann in eine Stadt, die eine Stadt ist. Dahin wo meine Freunde sind, hohe Häuser und keiner einen kennt. Vielleicht würden sie dort nicht einmal merken, wenn ein Mädchen in den Bäumen lebt.«

Marie spielte mit ihrem Zopf. Knibbelte Farbe aus den Haaren und bröselte sie runter auf Pfosten. Möglicherweise nicht das Schlechteste ihn auf ihrer Seite zu haben. »Verrate mich ruhig und kämpf für dich selbst, das wird anstrengend genug sein.«

Pfosten schaute finster vor sich hin. »Zu zweit geht mehr. Hab ich mal gehört.«

Marie dachte darüber nach, konnte das zwar aus ihrer Erfahrung heraus nicht bestätigen, wusste aber auch, dass zwei üblicherweise mehr war als eins. »Okay, dass deine Eltern das Haus nicht kaufen, das geht! Und jetzt hau endlich ab!«

Jori stieß sich vom Baum ab und schaute wieder zu ihr hoch. Marie war aufgestanden und kletterte los. Weg von dem Menschen. Der kam ihr viel zu nahe.

»Deal?«, rief er ihr hinterher, aber Marie hatte genug gesagt und ergriff die Flucht. Nur ließ er sich nicht so einfach abspeisen, rannte ihr auf dem Boden hinterher, verfolgte sie durch den Wald, um die

Bäume herum und war erstaunlich schnell. Sie schlug Haken oder kletterte wieder zurück, woanders hin und er musste die Bäume im Auge haben und sie, war deutlich im Nachteil und blieb schließlich keuchend stehen. Marie grinste, kletterte ihre Route weiter und grinste dann nicht mehr, als er plötzlich unten stand, und sie, die Hände in die Seiten gestemmt, erwartete.

»Du bist schnell«, presste sie hervor.

»Du auch.«

Sie schauten sich in die Augen. Das war es wohl, was er gewollt hatte, den Deal besiegeln. Marie löste sich aus dem Blick.

»Find raus, was deine Eltern vorhaben.« Drehte sich um und verschwand in den Baumkronen.

Das Gefängnis lag wie ein grauer Klotz in einer Art Talmulde. Möglich, dass sie sogar extra ausgebaggert worden war, damit der peinliche Graublock nicht den Eindruck von der schönen Stadt der Bäume verdarb. In die Erde mit den Bösen!

Auf dem Parkplatz standen die Autos des diensthabenden Wachpersonals, ein, zwei Polizeitransporter, das eiserne Tor nah am Wachturm war ohne Klinke. Aus Filmen wusste Lisa, dass es automatisch aufging und die abgemagerten Ex-Häftlinge mit grauer Haut, schlotternden Klamotten und einer kleinen Tüte zum Vorschein kamen und sich entscheiden mussten, den einen Schritt zu tun. Den Schritt in die Freiheit.

Sie wickelte ihre Jacke enger um sich, als könnte das helfen. Es war deutlich kälter geworden und die Sonne des heutigen Tages hatte noch nichts Gegenteiliges bewirken können.

Lisa saß im Auto und starrte auf das Grau, hinter dem ihre Mutter lebte. Sie hatte sie noch nie besucht, war nie hier gewesen. Kaltherzig? Vielleicht. Aber war ihr diese Plakette nicht sowieso an den Mantel geheftet worden? Nur weil sie nicht dauernd irgendwas Verrücktes machte? Weil ihre Gefühlslage tatsächlich auch mal zwei Tage stabil bleiben konnte? Und wenn das Glück kam oder das Elend, so war es für Lisa doch nicht immer gleich das SCHÖNSTE oder das SCHLIMMSTE, was ihr je passiert war. Stundenlanges, lautes Lachen, das die Welt hören musste, oder Tränenströme, die ganze Flusslandschaften hätten bilden können, nicht ihr Ding.

Schlimm war es schon, dass Paul jetzt sauer war. Eigentlich hatte sie ihn noch nie so erlebt. Das sollte sie beunruhigen.

Wie selbstverständlich hatte er seine Jacke angezogen, als Lisa den Schlüssel aus der Schale fischte, und um sie gegriffen, um ihr die Tür aufzuhalten.

»Wo willst du hin?«, hatte sie ihn gefragt, obwohl sie wohl ahnte, dass er mitkommen wollte. Dass es für ihn einfach nicht mehr infrage kam, ihre Mutter nicht zu kennen, und vor allem, dass ihre Mutter ihn nicht kannte.

»Ich bin der Vater unseres Kindes. Ich werde dich begleiten.«

Lisa vergrub die Hände in den Jackentaschen und lief die Treppen hinunter.

Paul folgte ihr auf dem Fuße und versuchte ihr den Gedanken leichter zu machen. »Wenn ihr da Sachen aus der Wohnung räumt und so, das darfst du doch alles gar nicht schleppen.«

Lisa lief weiter und musste innerlich fast lachen bei der Vorstellung, wie Paul vor der Scheibe im Gefängnis stand und mithilfe eines alten, riesigen Telefonhörers ihre Mutter kennenlernte.

Paul hielt sie fest und schaute sie eindringlich an. Das helle Braun seiner Augen war dunkel geworden. »Lisa! Nichts und niemand kann so schlimm sein, dass ich nicht damit klarkäme. Das geht einfach nicht. Wir wollen ein Kind zusammen großziehen, ein glückliches Kind.«

Wieder dieses innerliche Auflachen. Konnte ja sein, dass es glücklich würde, aber was, wenn es das Mördergen in sich trug? War morden genetisch? Allein die Neigung dazu, das überhaupt zu können, für möglich zu halten …!

»Da muss und möchte ich alles von dir wissen.«

Lisa machte sich los und lief weiter. »Ich fahre alleine!«

»Lisa!«

Sie drehte sich nicht mehr um, zog die schwere Haustür auf und stürmte nach draußen.

»Wenn du jetzt gehst …«, hörte sie noch, dann fiel die Tür ins Schloss.

Lisa überprüfte ihr Handy. Keine Nachrichten. Er war wirklich sauer. Sie versenkte es in ihrer Handtasche, eine ganz normale, ohne Riesenknopf oder Goldkettenkordel oder sonst einen Kram, und stieg aus.

»Lisa Körner«, sagte sie dem Pförtner durch die Scheibe, »ich bin angemeldet.« Langsam fuhr er mit einem gelben Finger seinen Spiralblock ab, auf dem in krakeliger Schrift Namen standen. »Ich komme für Frau Kamphausen.« Der Mann nickte und drückte ihr die Tür auf. Dann untersuchte er ihre Taschen und übergab sie an eine weibliche Person, die sie in einen grauen Raum führte, wo einzelne Tische standen. Sie trug eine Waffe und blieb vor der Ausgangstür stehen. Geredet wird hier anscheinend nicht viel, dachte Lisa, aber ihr sollte es recht sein, schließlich graute ihr schon genug vor dem Gespräch mit ihrer Mutter.

Automatisch wählte sie den Tisch, der am weitesten von der Wachfrau weg stand, vermutlich der, an dem immer alle saßen, wenn es möglich war. Sie kauerte sich auf die Stuhlkante und faltete die Hände auf der zerfurchten Tischplatte. Unzählige verzweifelte, unsichere, nervöse Besucher hatten diese Dellen hineingeklopft. Verzweiflungsdellen, Sehnsuchtsdellen, Angst- und Wutdellen. Sie würde keine hinzufügen. Sie nicht.

Lisa drehte sich zu der Wachfrau um, die stocksteif, die Hände hinter dem Rücken verschränkt vor der Tür stand und keine Regung zeigte. Also warten. An der Wand gegenüber hing ein Kreuz mit dem verstorbenen Jesus daran. Da hatte er also gelitten und alle Schuld auf sich genommen. Lisa entfaltete ihre Hände und legte sie auf die Beine. Er sollte nicht denken, dass sie zu ihm betete. Sie wollte ihm nicht alles aufladen. Jesus hatte ihr schon immer leidgetan. Sie starrte auf die Tischdellen. Ihre Mutter und Marie würden sofort Figuren daraus machen, Zwerge sehen oder zwei, die sich küssen, oder eine pustende Wolke. Irgend so was. Lisa hatte das noch nie erkennen können.

Plötzlich spürte sie, dass etwas anders war, und hob den Kopf. Da stand ihre Mutter. Jule Kamphausen, ehemals Brandt, ehemals Körner, geborene Busch. Mutter und Mörderin. Sie stand vor dem Tisch, lächelte leicht und betrachtete sie mit warmen Augen. Immer noch wunderschön. Dünner, ja, und zwei tiefe Furchen, die den Mund nach unten zogen, den Mund, der so wundervoll lachen konnte, dass kein Mann widerstehen wollte. Das Blau der Gefängnisklamotten stand ihr gut und nahm etwas von der Blässe. Was sie wohl von ihr dachte? Von ihrer Tochter Lisa, die sich ihr so lange entzogen hatte. Früher hatte die Mutter alles als Erste gesehen. Man musste ihr nicht viel erzählen. Nur bei Herrmann hatte sie sich mächtig getäuscht.

Lisa gab sich einen Ruck, stand auf und streckte ihrer Mutter die Hand hin. »Hallo Mama!«

Die lächelte ein wenig breiter, nahm ihre Hand mit beiden Händen und nickte. »Setzen wir uns.« Da war sie. Die Stimme. Die Stimme, die sie einst in den Schlaf gesungen hatte, die Lieder flüstern konnte und tröstende Mamaworte sprechen. »Ich freu mich, dich zu sehen.«

Lisa schluckte, nickte kurz und versuchte höflich zu sein. Nicht gleich zum Punkt zu kommen, um möglichst schnell wieder verschwinden zu können.

»Geht es dir gut?« Ihre Stimme klang plötzlich, als wäre es gar nicht mehr ihre.

Die Mutter nickte und hörte nicht auf, sie anzuschauen. Als wollte sie sich dieses Bild für immer einprägen. »Und dir?«

»Alles ganz gut. Ich lebe mit meinem Freund zusammen ...« Warum erzählte sie ausgerechnet das? Ausgerechnet von dem, der niemals erfahren sollte, wo und wer ihre Mutter wirklich war.

»Gut, dass du ihn nicht mitgebracht hast. Sonst wüsste er noch, dass ich im Gefängnis sitze.«

»Er ... er konnte nicht weg ... aus der Arbeit.«

Die Mutter nickte. »Ist er gut zu dir?«

»Er ist toll, der Beste. Er regelt alles und er passt auf mich auf.« Lisa hätte sich am liebsten die Zunge abgebissen. Genau das hatte ihre Mutter von Herrmann auch behauptet. Am Anfang. Und dann weiter, weil sie es einfach nicht glauben konnte und wollte.

»Das sollte er auch. Die ersten Monate sind die beschwerlichsten. Also, bei mir war es so.« Sie schaute zu dem Gitterfenster, das so hoch in der Wand hing, dass man nur Himmel sehen konnte. »Damals.«

Lisa seufzte. Natürlich hatte Mama es gesehen.

»Bist du glücklich? Freust du dich?«

Und obwohl sie es nicht wollte und sich ganz fest vorgenommen hatte, sachlich zu bleiben, platzte nun alles aus ihr heraus. Das knappe Abi, die vermurksten Aufstiegschancen, die Angst viel zu jung zu sein und eh keine gute Mutter, überhaupt keine Mutter sein zu wollen, und auch alles mit Paul versaut zu haben, vielleicht auch gar nicht fähig zu sein, sie hatte ja eine Geschichte. Eine, die sie an niemanden weitergeben wollte, die keiner mittragen sollte oder gar übernehmen. Und da war ja auch noch Marie. Nein, sie konnte die Verantwortung für Marie nicht tragen, es war zu schwer für sie und was für eine Versagerin, irgendwer musste doch aufpassen.

Mama nahm ihre beiden Hände, drückte sie leicht, schaute sie traurig an, hörte nur zu. Sie hätte sagen können: »Das wird schon, mein Mädchen, wo ein Häschen, da ein Gräschen, du schaffst das, wie du alles so gut hingekriegt hast, immerhin ist da ja auch noch dein lieber Freund. Marie wird sich irgendwann wieder beruhigen, da bin ich mir ziemlich sicher. Und schau, bei guter Führung, und da bemühe ich mich wirklich, bin ich in zwei Jahren wieder draußen. Dann kann ich dir helfen, mich um dein Kind kümmern und Marie wieder einfangen. Bis dahin musst du nur noch durchhalten.« Aber das sagte sie nicht. Sie sagte gar nichts.

Weil es nur Mamatrösteworte gewesen wären. Worte zum beruhigt Einschlafen, nicht zum Loslaufen, alles selber machen und sich zusammenreißen. Weil sie nicht ändern konnte, was geschehen war.

Lisa vergrub ihr Gesicht in den Händen, rieb sich die Haut, bis sie rot und heiß war und versuchte, sich wieder zu fangen. »Also, die wollen das Haus immer noch kaufen, obwohl sie mittlerweile wissen, was dort geschehen ist, weil Marie es groß drangeschrieben hat.«

Die Mutter lehnte sich zurück, schaute sie verunsichert an. »Und? Was meinst du?«

Natürlich. Sie hatte die Unterlagen nicht gelesen. Lisa hatte ihr alles gescannt und per Mail geschickt. Sie hatten versprochen, es ihr auszudrucken.

Warum war sie nur so doof? Wie hatte sie denken können, irgendetwas wäre anders geworden. Die Mutter las nie irgendwas durch. »Ich verstehe dieses Kauderwelsch eh nicht«, hatte sie immer gesagt, ihr breitestes Grinsen gezeigt und unterschrieben. Egal was. Versicherungsverträge, Kühlschrankgarantien, Ehegelübde.

Lisa rutschte auf dem Stuhl zurück, fischte die Mappe, die die Maklerin ihr gegeben hatte, aus ihrer Handtasche und legte sie auf den Tisch. »Hier steht alles drin. Kaufpreis wenn so, Kaufpreis ohne so, mit dies, mit das. Wie sie alles umbauen wollen, was aus dem Garten wird … sie wollen es uns schmackhaft machen, verstehst du? Sie strengen sich an.« Lisa musste bitter lachen. »Falls unser Herz daran hängt oder so was.«

»Was soll aus dem Garten werden? Der Garten ist ein Garten. Da ist alles tipptopp.«

»Mama! Warum hast du es nicht gelesen? Ich hab's dir doch extra geschickt, damit wir heute entscheiden können.«

Die Mutter senkte den Kopf und Lisa wurde wütend.

»Ja, und was soll ich dann machen? Alles alleine? Marie tobt rum, sie ist strikt dagegen. Sie glaubt, dass alle sterben, die in dieses Haus gehen. Du hast keine Meinung oder es interessiert dich einfach nicht. Ich bin neunzehn, verdammt noch mal!«

Die Mutter starrte vor sich hin. Plötzlich war alle Kraft, alle Schönheit aus ihr gewichen. »Weißt du, wie es ihr geht?«

»Ihr habt keinen Kontakt?«

»Nein. Gar keinen.«

»Das letzte Mal, als ich sie gesehen habe, ist sie auf dem riesigen Ahorn, auf dem sie jetzt wohnt, ausgerastet. Auf den Stamm eingeschlagen, geschrien, all solche Dinge.«

»Irgendetwas hat ihr Angst gemacht.«

Lisa nickte. Wieder einmal konnte sie es nicht fassen, nicht verstehen, wie ihre Mutter die Dinge sah. »Vor mir vermutlich. Weil ich mit ihr über das Haus sprechen wollte.«

Die Mutter nickte leise. »Vielleicht hat sie recht. Vielleicht ist es ein Unglückshaus. Seit diesem Tag.«

»Umso besser, wenn wir es loswerden.«

»Du kannst ja auch das Geld gut gebrauchen.«

»Das hat damit nichts zu tun. Ich komme auch so zurecht, das wäre euch aufgefallen, wenn es euch interessiert hätte. Paul verdient genug erst mal und ...« Lisa stockte. Sie hatte den Namen nicht sagen, nicht verraten wollen. Nichts von Paul, diesem reinen Menschen, dem noch nie Böses widerfahren war, der immer davon ausging, dass die Welt es im Prinzip gut mit allen meinte, nichts von ihm sollte in Berührung kommen mit all dem hier.

»Paul! Ein schöner Name. Hast du ein Foto?«

Lisa schüttelte den Kopf. Sie hatte Tausende.

Als sie den Kuli von der Hausmappe klippte und damit ungeduldig auf den Tisch klopfte, entstanden die Dellen, die sie nicht hatte hinterlassen wollen. »Ich brauche das Geld nicht. Das Haus aber auch nicht. Ich denke mal, dass du nicht dahin zurückgehen willst, wenn du hier wieder rauskommst.«

»Lieber nicht. Um den Garten tut es mir leid. Wir haben da so viel angepflanzt und gesetzt, was erst mit den Jahren in voller Pracht dastehen wird.«

»Marie und du.«

»Du hattest da nicht so viel Lust zu.«

»Nein, hatte ich nicht.«

Lisa überlegte, ob sie die Seite in dem Exposé aufschlagen sollte, auf der die Gartenplanung abgebildet war. Viel Kies, ordentlich umrandet, hier und da ein Bux oder eine Statue. Das Romantischste war eine gusseiserne Hollywoodschaukel, auf der man sich ein Muster in den Arsch sitzen konnte. Das hatte nichts mit Mamas Vorstellung von Pracht zu tun. Sie entschied sich dagegen, klopfte Dellen in den Tisch und wusste, dass sie es letztendlich allein bestimmen musste.

»Hat sie mal mit dir darüber gesprochen?« Mamas Stimme war leise, als hätte sie Angst davor, diese Frage zu stellen.

Lisa schüttelte den Kopf. Als ob Marie mit ihr über diesen Abend sprechen würde.

»Sie spricht überhaupt nicht mit mir. Das eine Mal neulich war eine Ausnahme. Das erste Mal.«

»Dann scheint es ihr sehr wichtig zu sein. Meinst du, es würde ihr helfen, wenn du das Haus nicht verkaufen würdest?«

»Ich? Jetzt also schon ich. Ist es offiziell, ja?«

»Nein, wir ... ich meine ja wir ...«

Die Mutter beugte sich vor und legte Lisa eine Hand auf den Arm, damit sie aufhörte zu klopfen. Tatsächlich wurde es ganz still.

»Lisa, sie hat Schreckliches erlebt. Niemand weiß, wie schrecklich!« Ihre Stimme zitterte und ihre Augen verschwammen, als würden sie untertauchen in einem See. Als würden sie verschwinden in ihrem Kopf, ihrer Seele.

»Das war falsch von mir damals. Du weißt schon, im Krankenhaus. Ich weiß es jetzt.« Da konnte auch Lisa die Tränen nicht mehr zurückhalten. Eigentlich klar. Sie saß ihrer Mutter das erste Mal gegenüber, seit sie Herrmann ermordet hatte. Wie konnte man da diese Kühle und Distanz wahren, die sie sich vorgenommen hatte? Sie hatten nie mehr gesprochen, weder über den Vorfall im Krankenhaus, noch über alles andere.

»Ich hätte nicht weggehen sollen. Ich hätte euch nicht alleine lassen dürfen.« Das Wasser lief ihr aus den Augen und eigentlich war nicht die Zeit dafür, über so etwas nachzudenken, aber sie wusste wirklich nicht, wann sie das letzte Mal so geweint hatte. Überhaupt geweint. Mama kramte ein gebrauchtes Taschentuch aus der blauen Hose und zuckte entschuldigend mit den Schultern. Lisa nahm es, ohne zu zögern. Mamas Taschentücher waren immer gebraucht gewesen.

»Du hast alles richtig gemacht.«

Hatte sie nicht, hatte sie nicht, hatte sie nicht. Wäre sie dort gewesen, hätte sie es verhindern können.

»Nein, hättest du nicht.«

Lisa wischte sich das Gesicht ab, schnäuzte und steckte das Taschentuch ein. Es war von Mama.

Die Wachfrau an der Tür schaute auf ihre Armbanduhr. Ihre erste Bewegung, deswegen konnte man sie direkt fühlen und sofort wissen, was sie gesagt hätte, hätte sie Lust gehabt zu reden.

Lisa fuhr sich durch die Haare, packte die Mappe ein, ohne sie auch nur einmal aufgeschlagen zu haben, und stand auf.

»Ich meine, es wird Marie guttun, wenn ich es verkaufe.«

»Vielleicht!« Ein Vielleicht, das man sagte, um den anderen zu beruhigen, nicht aus dem Gleichgewicht zu bringen. Kein Vielleicht, an das man glaubte.

Die Mutter blieb sitzen, lächelte Lisa an und faltete die Hände auf dem Tisch. Jetzt war sie es wohl, die nicht betete. Sie warf der Wachfrau einen Blick zu, einen Moment noch, bitte, und zeigte mit dem Kopf Richtung Lisas Tasche.

»Hast du ein Papier? Ich schreibe ihr, ich werde versuchen, es ihr zu erklären.«

Lisa gab ihr eins, den Kuli, und wartete, schaute woanders hin, um die Mutter nicht beim Schreiben zu stören, hörte das Geräusch auf dem Papier und sah das kleine Stück Himmel im Fenster.

»Du musst es ihr nur irgendwie zukommen lassen.« Die Mutter hielt ihr das gefaltete Papier hin. Lisa nickte und steckte es ein, strich ihr verlegen über die knochige Schulter, als hätte sie sie noch nie berührt, und flüchtig konnte sie riechen, wie sie roch. Wie immer.

»Mach's gut.«

»Mach's gut. Pass auf das Baby auf!«

Als das eiserne Tor aufging und Lisa diesen einen Schritt in die Freiheit tat, fühlte sich ihr ganzer Körper taub an. Sie sog die Luft ein, konnte den nahen Wald fühlen, Marie, und rannte los.

Sie fuhr, als wäre der Teufel hinter ihr her, als könnte sie noch rechtzeitig da sein, stürmte die Treppe ins Dachgeschoss hoch und öffnete die Wohnungstür. »Paul?«

Sie wusste sofort, dass er nicht mehr da war.

7

»Marie! Marie, wo bist du? Verdammt ... du kommst zu spät, gleich gibt's Abendessen!«

Marie beobachtet Mama aus den Bäumen. Wie sie herumläuft und nach ihr ruft. Nur damit sie zum Essen nach Hause kommt. Das hätte es früher nicht gegeben. Da hat jeder gegessen, wenn er Hunger hatte oder wenn was da war.

»Mama, ich bin hier oben. Schau, wie weit oben ich bin!«

Mama sieht sie und beugt sich erst mal nach vorne, um Luft zu holen. »Marie!«

Sie klettert runter und baut sich vor Mama auf. »Hast du es gesehen?«

Mama nickt und streicht ihr über die kurzen Haare. »Das hab ich. Du kannst gut klettern und hast keine Angst mehr!«

»Ich? Angst? Nein, vor was denn?«

Mama nimmt ihre Hand und zieht sie mit sich. »Herrmann. Herrmann kommt gleich, dann gibt es Abendessen. Du hast die Zeit vergessen.«

Marie löst sich von Mama und hüpft vorneweg. »Hast du gewusst, dass es in den Bäumen keine Zeit gibt? Da oben ist es wie in einem Loch, in dem keine Uhren gehen.«

»Das weiß ich, Marie, das weiß ich.« Die Kirchturmuhr schlägt sieben. Mama geht schneller, läuft schon fast wieder. »Schnell, Mariechen, beeil dich. Morgen ist auch noch ein Tag.«

Sie kommen zu spät. Lisa und Herrmann sitzen am gedeckten Tisch und fangen nicht an zu essen. Sie warten auf sie und reden nicht. Zu spät kommen sie nie wieder.

Marie saß in ihrem Nest und hielt die Nase in die Luft, schnupperte wie ein Hund. »Riechst du das auch?«

Eichhorn fühlte sich nicht angesprochen oder tat zumindest so. Er war mit einer Nuss beschäftigt und zum ersten Mal so vertrauensselig, dass er sich in Maries Gegenwart mehr oder weniger entspannt ihrer Öffnung widmete. »Es riecht nach Ereignissen.« Sie seufzte und gab sich endlich einen Ruck.

»Es ist Schuhtag. Also, für mich!« Mit spitzen Fingern nahm sie die Sneakers aus ihrem Kistenregal, stellte sie neben sich und seufzte wieder. »Hör mal, wenn eine Freundin von dir etwas richtig, richtig Schlimmes machen muss, dann gehört es sich, sie zu trösten. Oder ihr zu sagen, dass es nicht so schlimm ist. Oder dass sie es einfach lassen soll.«

Tatsächlich verlagerte Eichhorn seine Konzentration kurz auf sie, schaute sie aus den schwarzen Punkten in seinem Gesicht prüfend an, wackelte mit dem Näschen, als fragte er sich, ob es wohl besser wäre zu fliehen, und wandte sich wieder der Nuss zu. »Ja, okay, ich ziehe sie an.«

Es ging nicht mehr anders. Die Nachtkälte blieb in den Bäumen hängen und ihre Füße wurden nur noch im Schlafsack warm. Langsam steckte sie sie in die Schuhe, krümmte die Zehen darin, versuchte, ihnen Platz zu verschaffen. Aber ein Schuh ist ein Schuh, ein begrenztes Objekt. Seit fünf Monaten hatte sie keine mehr getragen. Wenigstens die Schnürsenkel ließ sie locker und stopfte sie in die Schuhe, damit sie sie nicht beim Klettern störten. »So!« In diesem Moment knackte Eichhorn die Nuss und machte sich begeistert über den Inhalt her. Marie freute sich für ihn, streckte die Nase wieder in die Luft und bog die Füße hin und her. Sie war nicht sicher, ob sie mit Schuhen genauso gut über die Bäume würde laufen können. »Aber weißt du was? Übung macht den Meister, sagen die Leute!« Es lief ihr kalt über den Rücken. Es war so ein komisches Gefühl, das sie schon den ganzen Tag nicht losließ und es kam aus der Richtung, in der das Gefängnis lauerte. Marie wusste, dass die Dinge in Gang waren, aber sie konnte im Moment nichts tun.

Sie musste warten, ob der verbündete Pfosten irgendetwas herausfand. Es war nicht gut zu warten, bis die anderen einen Vorsprung hatten.

Zum Abendessen gab es in der Pension nur Kaltes. Zu trockenes Brot, gewellte Butterflocken und ein paar Scheiben Käse und Wurst. Brotzeitplatte vom Feinsten.

»Würden Sie mir bitte ein Bier bringen?«, bestellte der Vater und Jori hängte sich dran, nur so, aus reiner Provokation.

»Mir auch.«

Der Vater schaute ihn kurz an, schüttelte den Kopf Richtung Bedienung und wandte sich wieder seinem Teller zu. Jori musste grinsen. Wenn der wüsste, wie viel Bier er schon getrunken hatte. Seine Mutter war merkwürdig still. Sie brütete etwas aus. Irgendwas musste sie unbedingt loswerden und lange würde es nicht mehr dauern, bis es aus ihr herausplatzte. Sie aß die Wurst und den Käse ohne Brot, demonstrativ mit Messer und Gabel, als säße sie in einem Drei-Sterne-Restaurant vor ihrer Gänseleberpastete.

Es war genau der richtige Augenblick, genau der Moment, auf den Jori die ganze Zeit gewartet hatte. Der Moment, in dem die Bombe platziert war und nur noch die Zündschnur angezündet werden musste. Jori gabelte lässig nach einer Scheibe Kinderwurst. »Wie sieht's eigentlich aus? Kaufen wir das Haus?«

Seine Mutter hörte auf zu kauen. Dann wandte sie den Blick und schaute ihren Mann an, der das Glas Bier in einem Zug leerte und Jori einen eisigen Blick zuwarf. Er hatte ihn durchschaut, aber die Zündschnur brannte. Wischte sich den Mund mit dem Handrücken ab, demonstrativ, als könnte er sich nicht benehmen, und stellte das Glas ab.

»Ich denke schon.«

»So? Denkst du?« Mutters Stimme klang höher als sonst, Jori und sein Vater kannten den Ton, und wer auch immer die Gelegenheit hatte, suchte, wenn er erklang, das Weite. Der Vater konnte nicht, Jori wollte nicht. »Ich denke nicht.«

Der Vater lehnte sich zurück. Das konnte dauern. »Und warum nicht?«

»Ich will nicht in einem Mörderhaus wohnen. Und Jori auch nicht, oder Jori?«

Der grinste nur und sein Vater winkte ab.

»Er will überhaupt nicht hier wohnen, seine Stimme zählt also nicht.«

Die Mutter setzte sich gerade hin. Energisch und entschlossen.

»Ich denke, wir gehen zurück nach Bremen.«

»Ich denke nicht, Elisabeth. Ich habe gestern Frau Körner die Mappe übergeben. Alles vermessen und geschätzt, da kann sie nichts sagen, der Preis ist wirklich gut. Sie weiß jetzt genau, was sie verkauft und wie viel es wert ist. Ein Haus ist ja nicht einfach nur ein Haus. Und so viel wird sie von niemand anderem bekommen.«

»Weil niemand anderes so verrückt wäre, ein Mörderhaus zu kaufen. Olli.«

Der Vater nickte. »Du hast es erkannt. Der Mord ist unsere Gelegenheit für sehr wenig Geld eine grundgute Immobilie zu erwerben.«

»Du kannst sie ja meinetwegen ärrrwärrrben ...«, niemand konnte das so schön schnippisch sagen wie Joris Mutter, »... aber ich werde nicht darin wohnen.«

»Natürlich wirst du das. Du bist meine Frau, wir lieben uns und gehören zusammen.«

Sie schaute ihn an, die schöne Nase etwas in der Luft, für jeden anderen würde die Frage, die sie nicht aussprach, aber ausstrahlte, auf dem Tisch liegen: »Bist du dir da so sicher?«

Nicht aber für den Vater, der sich nun vorbeugte und seine Hand auf ihre legte. »Ich kann hier viel Geld verdienen und du, ihr könnt es euch richtig schön machen. Win-win!« So sah er es zumindest. »Was hältst du von einer Hollywoodschaukel im Garten? Aus Gusseisen, wie du sie schon immer haben wolltest.«

Die Mutter zog ihre Hand weg und knetete damit die andere. Es war klar, dass ihr Widerstand zusammenfiel, sie das aber noch nicht zugeben wollte. »Ich brauche keine Schaukel. Ich brauche ein Haus, in dem ich mich wohlfühlen kann.«

Höchste Zeit für Jori, sich wieder einzumischen.
»Es waren irre viele Messerstiche, an die zwanzig, habe ich gehört.«

Sein Vater würdigte ihn keines Blickes, aber seine Augen wurden etwas schmaler und Jori wusste, dass er sich ärgerte.

»Das ist schrecklich«, sagte er leise, aber bestimmt und schaute dabei nur seine Frau an, »aber was da passiert ist, hat mit uns absolut nichts zu tun, Elisabeth. Natürlich machen die Leute da was draus und Filmemacher erst recht, die wären ja blöd, wenn sie so eine Geschichte nicht ausnutzen würden. Aber in Wirklichkeit, Elisabeth, in Wirklichkeit passiert so was nur, wenn der eine gewillt ist, den anderen zu erstechen. Und das ist bei uns ja nicht der Fall.« Seine Frau blitzte ihn an, ein kurzer Gedanke, wie wäre das eigentlich, und hatte er so sicher recht? »Und seit wann, bitte schön, glaubst du an so einen Kram? Du, meine Frau! Seit wann überträgt sich etwas, das andere tun, auf uns? Seit wann haben wir das nicht in der Hand?«

Die Mutter entknetete ihre Hände, strich darüber, als müsste sie etwas abwischen und legte sie nebeneinander auf den Tisch.

»Du hast ja recht, Olli. Es ist halt … man denkt ja auch an dieses Mädchen und wie es für sie sein muss, wenn wir da plötzlich wohnen, und dann meine ich, es gibt so viele Häuser und Grundstücke, warum ausgerechnet eines, das derart beladen ist?«

Jori nickte seiner Mutter Zustimmung zu. »Und dieses ewige umziehen. Klar, wir können uns das hier schön machen, oder Jori? Aber wofür, wenn man es in zwei Jahren wieder verlassen muss? Ich komme in ein Alter, in dem man gerne mal sesshaft wird und vielleicht auch gerne an einem Ort, an dem Blumen wachsen und nicht jemand qualvoll gestorben ist.«

Der Vater lehnte sich zurück, verschränkte die Arme und täuschte Verständnis vor. »Na gut, meine Liebe, dann machen wir einen Deal.« Schon jetzt beschlich Jori das Gefühl, dass das hier nicht gut für ihn ausgehen würde, auch weil er bei dem Handel weder gefragt wurde, noch ernsthaft vorkam. »Ich kaufe das Haus und du machst es schön und wir bleiben.«

Die Mutter schaute ihn skeptisch an. »Für immer?«

Er streckte ihr die Hand hin. »Für immer.«

Und während für Jori eine Welt zusammenbrach und sein Plan komplett nach hinten losgegangen war, diskutierten die beiden, ob man so eine gusseiserne Schaukel an Ketten oder Seilen aufhängte, und dass es dabei nicht nur um Stabilität, sondern auch um Ästhetik ging.

»Alles, was scharf ist, glitzert oder Geräusche macht, was blendet oder irgendwie ein Zaun ist«, hatte Marie zu Schlappe gesagt, und die Liebe hatte alles zusammengesucht, was sie in der Richtung finden konnte. Eine ganze, große Tasche voll, auf die »Landeskliniken für psychische Erkrankungen« gedruckt war. Die Buchstaben blätterten verknittert ab, man musste schon wissen, was gemeint war. Würde Schlappe noch dort arbeiten, hätten sie ihr bestimmt mal eine neue Tasche gegeben.

Marie turnte in ihren Sneakers auf den Ästen von Heimatbaum herum und verstärkte die Rotabwehr, machte sie endgültig undurchdringbar. Vorsichtshalber, denn dieses Gefühl sagte ihr, dass es nicht schaden konnte.

Sie verknotete Schnüre und Drähte und hängte weiträumig rund um ihr Nest alles auf, was Schlappe ihr eifrig hochreichte.

»Du hast vollkommen recht, Marie, Zeit sich zu schützen. Sie kommen von allen Seiten und wollen was. Sie wollen dich. Uns. Sie wollen die, die nicht passen.«

Marie rutschte mit ihrem Schuh an einem Ast ab und fluchte.

»Es gibt so Stacheln, die man sich unter die Schuhe binden kann.«

»Ist gut, ich muss nur noch ein bisschen üben. Denn was macht Übung?«

»Arbeit«, gackerte Schlappe in ihr Doppelkinn und reichte Marie zwei kleine Küchenmesser nach oben. »Ich weiß auch nicht, warum man von denen immer so viele hat. Ich glaube, jeder Mensch hat im Schnitt drei kleine Küchenmesser.«

Marie drehte sie in den Händen und zuckte plötzlich zusammen. Leise grollte das Rot. Sie pustete die Luft aus, die sie vor Schreck sofort bei sich behielt, und atmete tief ein und aus.

»Marie?« Schlappe hielt eine Drahtrolle in den Händen. »Brauchst du die? Ich dachte, wegen Zaun.«

Das Grollen verstummte. Marie nahm den Draht entgegen und hängte die Messer auf, ohne ihren Namen zu denken. Die Dinger. Die Sachenschneider. Gemüse. Schälen.

»Man kann den so flechten, hab ich mit meinen Patienten gemacht, allerdings mit Bast, aber das sollte ja genauso funktionieren. Die Männer konnten das nicht. Das sah immer aus! Gleich in den Müll. Und die Männer am besten hinterher. Vor denen musst du dich besonders in Acht nehmen ... oh, hallo.«

Pfosten brach durch die Büsche, nickte Schlappe zu und schaute zu Marie in die Bäume. »Hey!«

Marie setzte sich auf den Ast und schaute zu ihm runter.

»Du hast Schuhe an.«

Marie wartete. Bis jetzt hatte Pfosten noch nichts gesagt, was sie interessierte.

Schlappe schaute von ihm zu Marie und wieder zu ihm, dann zuckte sie mit den Achseln und stupste mit ihrem Fuß die Tasche an. »Ich geh dann mal. Die lass ich dir da!« Sie hob die Hand zum Gruß und schlappte davon.

Pfosten schaute ihr nach. »Sieht aus, als hätte sie nur Sohlen an den Füßen.«

Marie wartete.

Er zeigte auf die deutlich verstärkte Rotabwehr. »Wozu machst du das?«

»Warum bist du hier?«

»Sie werden es kaufen. Das wollte ich dir sagen.«

Keine Bewegung in Maries Gesicht. Aber das Grollen hob leise an und in ihr drin tobte es. Sie stand auf und fummelte an einer alten Schallplatte herum, die sie aufgehängt hatte. »Warum sagst du dann lauter andere Sachen?«

»Das macht man so, wenn man sich begegnet. Nennt man Small Talk.«

Marie schnaubte.

»Und jetzt?« Pfosten wusste nicht mehr weiter.

»Woher soll ich das wissen?«, fauchte Marie ihn an. Eigentlich war sie gar nicht wütend auf ihn, sondern auf seine blöden Eltern, die nicht verstehen wollten, auf ihre Mutter und Lisa, auf alle, die sich keine Vorstellung machen wollten. Das Grollen wurde lauter und sie musste versuchen sich zu beruhigen.

»Also, warum hängst du das ganze Zeug da auf?«
Seine Fragen waren nicht besonders hilfreich.
»Gegen die Vögel«, murmelte sie angestrengt.
Er musterte die Dinge. »Glaub ich dir nicht!«
Marie explodierte. »Weißt du, wie scheißegal mir das ist? Es geht dich nämlich nichts an, gar nichts.« Das Rot brüllte. Marie brüllte. »Verpiss dich einfach!«
Pfosten runzelte die Stirn, lauschte, starrte sie an. »Du bist echt total verrückt! Vollkommen durchgeknallt.«
Hinter den Ästen, noch entfernt, formierte sich das Rot.
»Verschwinde!«, brüllte Marie.
Er drehte sich wütend um und ging. »Total plemplem!«
Marie hielt sich die Ohren zu. »Pfosten!«

Jori konnte nicht schlafen. Wälzte sich in diesem blöden Pensionsbett unter einer Bettwäsche mit Ahornbäumen drauf und hasste sie. Auf Marie zu zählen war absolut sinnlos. Die benahm sich, als hätte sie alles Recht der Welt, als durfte sie jeden kurz und klein trampeln, nur weil einmal auf ihr herumgetrampelt worden war. Sie baute sich einen Schutzzaun in ihren Baum und glaubte ernsthaft, das würde Polizei, Feuerwehr, Jugendamt und alle anderen abhalten. Marie konnte nichts tun und ihm fiel auch nichts ein.

Er würde in diesem verdammten Kaff wohnen müssen. Jori merkte, dass seine Beine nervös wackelten und sein Kopf zu platzen drohte. Er musste raus.

Ohne das Licht anzumachen, schlüpfte er in seine Klamotten, ohne Socken anzuziehen in die Schuhe. Nein, er konnte hier nicht sein. In einem Mörderkaff mit einer Irren in den Bäumen und zwei Zwillingsbrüdern, die Timtom hießen und trotzdem dachten, sie wären cool. Da fiel ihm sein Weedvorrat unter der Matratze ein. Der musste mit.

Er verließ die Pension und trat in die schlafende Stadt der Bäume. Alle Fenster waren dunkel und selbst die Straßenbeleuchtung wurde um 23 Uhr ausgeschaltet. Wegen der Lichtverschmutzung wahrscheinlich, dachte er grimmig, damit die tollen Bäume es auch mal schön dunkel hatten und ordentlich mehr Bäume werden konnten. Mit großen Schritten lief er irgendwohin, schaute nicht nach links oder rechts, nur in den Boden und landete direkt beim Mörderhaus.

Wütend starrte er es an, wie es da stand in dem verwilderten Garten mit dem einen Baum, an dem eine Schaukel nur noch an einem Seil hing.

Er sah Marie, wie sie als kleines Mädchen auf dieser Schaukel saß und sich lachend Richtung Himmel abstieß. Noch nie hatte er sie lachen sehen, diese Irre.

Der Garten, wie er ihn sah, stand in voller Blüte, eine bunte, wilde Pracht und auf der engen Veranda ein kleiner Tisch mit einem gefüllten Krug Saft und einem Glas.

»Tanz, Marie, tanz, Marie, tanz durch die Nacht. Tanz, Marie, tanz, Marie, bis um halb acht«, sang Marie beim Schaukeln und ihre Stimme klang hoch und klar. Auf dem Baum saß eine Taube und ein Eichhörnchen ... Jori schüttelte sich. Schluss damit.

Ohne lange nachzudenken, ging er über die Wiese zum Haus, landete mit einem Fuß in einem Erdloch, stolperte, fluchte, rappelte sich wieder hoch. Warum war da mitten in der Wiese ein riesiges Loch? Warum, verdammt noch mal, war bei Marie nichts wie bei allen anderen?

Die Tür war verschlossen, aber an der Seite war ein Fenster nur angelehnt. Er kletterte hinein. Als seine Füße drinnen auf dem Boden landeten, gab es ein dumpfes Geräusch, das kein Echo fand. Sofort nahm er diesen Geruch wieder wahr, sah die Flecken an der Wand, wie ein Muster, an den Seiten ausgefranst und mit Sprenkeln. Das Blut.

Jori wich ein Stück zurück und umfing seinen Körper mit den Armen, um ihn zu schützen oder die Kälte aufzuhalten, die ihm den Rücken hinunterlief. Hier also. Alles in ihm schrie danach, sofort zu verschwinden, aber er setzte sich an die gegenüberliegende Wand ohne Flecken, zog die Beine an und stellte sich vor, was hier geschehen war. Was Marie gesehen hatte. Er versuchte es. Aber wie konnte man es sich vorstellen? Er wusste nichts von der Ausgangssituation, er kannte den Mann nicht, der gestorben war, und auch nicht die Frau, die ihn umgebracht hatte. Zwei schwarze Gestalten also wie Schatten und dazwischen ein Mädchen. Dazwischen? Daneben? Oder oben auf der Treppe? Er kannte so etwas nur aus Filmen und von allen Vorstellungen konnte er doch nicht sicher sein, ob es nun seine waren, die aus einem anderen Hirn, einem Film oder so wie die Wirklichkeit. Jori vergrub seinen Kopf in den Armen, aber er ließ ihn nicht in Ruhe, immer wieder Szenen, Bilder, das Geräusch, wie wenn ein Messer in Fleisch fährt. Wie musste es da erst Marie gehen? Sie hatte ganz konkrete Bilder bei sich, Bilder, die sie wahrscheinlich Tag und Nacht verfolgten. War sie dazwischengegangen? Vielleicht sogar auch verletzt worden? Hatte sie versucht ihre Mutter aufzuhalten, zu retten? Und warum war ihm das überhaupt wichtig?

Er starrte durch seine Finger auf die Flecken an der Wand. Weil er genau hier wohnen sollte. Ja, deswegen. Weil er keine andere Wahl hatte, als seinem anscheinend vollkommen herz- und gefühllosen Vater in diese Katastrophe zu folgen. Der kannte ja Marie nicht, schaute sich das nicht aus der Nähe an. Er sah nur das Haus, wie es gebaut und wie es umzubauen war. Und was scherte es ihn, ob Jori hier versauerte?

Würde Marie sich jemals von diesen Bildern befreien können? Die konnte doch nie wieder normal leben. Als würde ein Grollen sie für immer begleiten. Jori lauschte. »Tanz, Marie, tanz, Marie, tanz durch die Nacht. Tanz, Marie, tanz, Marie, bis um halb acht.«

Er sprang auf, würde sich nicht fügen, nein, er würde das nicht einfach mitmachen, sprang aus dem Fenster und rannte Richtung Wald. Er versuchte sich zurechtzufinden, machte die Taschenlampe in seinem Handy an, wo war dieser verdammte Baum, in dem dieses verdammte Mädchen wohnte, stolperte, schlug sich das Knie auf, fluchte, rannte weiter, blieb stehen und überprüfte, ob ihm irgendetwas bekannt vorkam, leuchtete durch die Nacht, rannte weiter und sah ihn endlich, den größten Ahorn, das Wappenzeichen dieser verdammten Stadt.

Marie konnte nicht schlafen und ärgerte sich, da nicht das Hausproblem sie wach hielt, sondern das Gefühl, nicht gerecht gewesen zu sein. Sie wirkte ja selten freundlich auf die Leute, aber da gab es ein strenges Prinzip, nach dem sie versuchte zu leben. War jemand freundlich zu ihr, so war sie zumindest nicht unfreundlich. Deutlich schiefgegangen heute. Sie nahm sich vor, nächstes Mal netter zu Jori zu sein, sollte es ein nächstes Mal geben, zog die blöden Schuhe aus, die sicher auch Schuld daran trugen, dass sie kaum Luft bekam, und versteckte sich vor sich selbst tief in ihrem Nest.

»Marie!«, flüsterte jemand unten. »Marie, bist du wach?«

Da war sie schon, die Gelegenheit. Jetzt?

Marie rührte sich nicht.

»Marie! Marie, ich weiß, was wir machen. Wir fackeln das Scheißding ab. Ehrlich, es geht nicht anders, ich konnte es genau fühlen, äh, weil ich war da gerade, im Haus, in dem Zimmer mit den Flecken an der Wand und ich weiß jetzt, dass wir das nicht zulassen dürfen, es kann nicht so weitergehen, nicht für mich und erst recht nicht für dich, weil …!«

Marie wusste sofort, was Jori meinte und zum ersten Mal dachte sie, jemand kommt ungefähr an das heran, womit sie lebte, konnte es fühlen.

»Hörst du mich, Marie, du hörst mich doch …!«

Sie zog sich hoch zum Sitzen, nahm das Hakenseil von der Guten und ließ es zu Jori hinunter.

Langsam schlängelte es sich am Stamm entlang und pendelte schließlich vor ihm aus.

Jori stützte sich mit den Füßen am Baumstamm ab und hangelte sich so hinauf zur Baummulde. Marie erwartete ihn schweigend, saß in ihre Jacke gewickelt auf dem Rand wie eine Statue, angespannt in der Dunkelheit und fühlte seine ganze Aufregung.

Sie hielt ihren Finger an den Mund. »Pscht!«

Er presste die Lippen aufeinander und setzte sich zu ihr. Allmählich kam sein Atem zur Ruhe. Marie beobachtete ihn genau. Sie kannte das befreiende Gefühl, wenn das Grollen nachließ. Er vergrub sein Gesicht in den Händen und langsam, langsam zog die Stille des Waldes in ihn ein. Ein leises Rascheln vom Wind in den Bäumen, beruhigend eher, mal hier ein Knacken oder dort ein Knistern. Er lebte, auch in der Nacht, aber er lebte leise und unverwüstlich. Erst als Jori langsam den Kopf hob, seufzte und dann seine Schuhe auszog, um so wie Marie barfuß zu sein, merkte sie, dass sie Schulter an Schulter saßen, sich leicht berührten. Es war nicht unangenehm. Vorsichtig legte Jori seine Füße auf die raue Haut des Baumes und fühlte.

»Er walzt über alle hinweg. Und ganz besonders über mich.« Jori starrte in die Nacht und sprach jetzt leise und mit Bedacht. »Früher war das anders. Ob man immer arschiger wird, je älter man wird?« Darüber konnte Marie nichts sagen. »Also ich mach das auf jeden Fall anders. Fängt schon mal damit an, dass ich keine Kinder haben werde, an denen ich dann meinen Frust auslasse. Die mir folgen müssen. Es macht mich nicht an, wenn andere mir folgen, echt nicht. Man muss das doch alleine hinkriegen und nicht irgendwelche Leute dazu benutzen, um irgendwie einer zu sein.« Marie kannte solche Gedanken nicht, nicht diese. Aber sie kannte diese Stimmung, diese Unruhe aus dem Gefühl heraus, es nie anders machen zu können. Es ist so ähnlich, dachte sie und hatte plötzlich Lust, einfach nur zu sein. Zusammen mit ihm.

»Hast du Weed?«

Jori schaute Marie verwundert an. »Du kiffst?«

»Nein.«

Irritiert fischte er sein Weedpäckchen aus der Hoodietasche und wedelte damit in der Luft herum. Sie nickte und zündete eine kleine Kerze an, die sie in der Elefantentasche aufbewahrte.

»Ich wollte meinen Frust nicht an dir auslassen, Jori. Tut mir leid.«

Er klebte gerade die Papers mit seiner Spucke zusammen. »Dich meinte ich nicht.«

Er schaute sie an. Wen dann?

»Ich kann nichts dafür. Es macht mich ganz verrückt vor Angst, es ist wirklich gefährlich, also wirklich, meine ich.«

»Es?«

Marie nickte. »Dabei hängt es ganz deutlich mit mir selber zusammen. Kennst du das? Weißt du, wie es ist, wenn man nicht man selber sein möchte, aber weiß, dass man muss?«

Jori fiel es nicht schwer, ihr zu folgen und er verstand, dass sie ihm etwas erzählte, was sie sicher noch nicht vielen gesagt hatte.

»Ich weiß nur, wie es ist, nicht da sein zu wollen, wo man ist.« Er dachte ein bisschen nach, während er den Joint fertig drehte. »Vielleicht auch, dass man gar nicht weiß, wo man sein will. Vielleicht kommt das ein bisschen besser an deine Sache ran. Und ...«

Marie stupste ihn in die Seite und hielt wieder ihren Finger an den Mund. Eichhorn war in den Ästen aufgetaucht. »Tu so, als würdest du es nicht bemerken!«

Eichhorn wackelte mit der Nase und beschwerte sich über den fremden Geruch.

»Hey Freund«, sagte Marie leise, »seit wann treibst du dich nachts herum? Ist das erlaubt für Eichhörner?«

Er flitzte einen Ast weiter runter und wanzte sich von hinten vorsichtig an den Fremdling heran, schnüffelte so nah, dass er beinahe Joris Hoodie berührte.

»Das ist Jori, oder auch Pfosten, je nachdem.« Marie grinste ein bisschen und beugte sich leicht zu Jori. »Bei mir hat es Wochen gedauert, bis er so nahe herankam. Wie machst du das?«

»Ich weiß nicht. Tiere kommen immer zu mir, obwohl ich sie gar nicht mag.«

»Vielleicht deswegen.« Sie schaute ihn beinahe zärtlich an. »Oder es stimmt nicht.« Vorsichtig kramte sie eine Nuss hervor und reichte sie Jori. »Probier mal! Wie weit er geht.«

Er legte die Nuss auf seine Handfläche und präsentierte sie Eichhorn, der sie nervös musterte und zu überlegen schien, ob er es wohl riskieren konnte.

»Ich hab ihn heute schon gesehen.«

»Eichhorn?«

Jori nickte. »Bei deinem Haus. In meinem Kopf.«

Marie schaute ihn verwundert an, aber da schoss Eichhorn los zum Angriff, schnappte sich die Nuss und flitzte davon.

Marie lachte und klatschte in die Hände. »Bravo, Eichhorn, bravo!« Sie konnte tatsächlich lachen.

Jori zündete den Joint an, und sie zog daran, als würde sie nie etwas anderes machen.

»Wie war es im Haus? Hast du etwas gesehen

oder gehört?« Wie auf Bestellung meldete sich das Rot. Leise noch, nicht wütend, eher angespannt und konstant. Marie versuchte es zu ignorieren.

Jori schüttelte den Kopf und blies den Rauch in die Nacht. »Es riecht da, na ja, nach Blut, glaube ich.« Marie nickte. »Ich hab die Flecken gesehen an der Wand. Ich saß da und hab versucht es mir vorzustellen.« Er schüttelte den Kopf. »Ehrlich, man kann es sich nicht vorstellen! Ich nicht.«

Marie lehnte sich an den Stamm von Heimatbaum, zog am Joint und schloss die Augen.

Als sie aus dem Wald zurückkommen, vollgesogen mit der Ruhe und der reinen Luft, steht das Verhängnis in der Haustür. Steht nur da und bewegt sich nicht, die Augen grau wie es selbst. Mama nimmt Maries Hand.

Dann sind sie plötzlich im Haus. Das Verhängnis schleift Mama an den Haaren über den Boden. Marie schreit. Es soll aufhören, es soll endlich aufhören, Mama hat nichts gemacht, es soll ihr nicht das schöne Kleid kaputt reißen, es soll aufhören. Da kommt Blut aus Mamas Nase. Es vermischt sich mit dem Lippenstift. Rot. Warum sagt sie nichts, warum wehrt sie sich nicht? Marie hämmert mit ihren Fäusten auf das Verhängnis ein, es schubst sie weg, schleudert sie fort mit all seiner Wut und Kraft. Marie schreit.

Dann sitzt sie in der Ecke des Zimmers. Sie zittert, es ist kalt auf einmal. Sie drückt sich immer tiefer hinein in die Ecke, zieht die Beine an und macht sich ganz klein. Vor ihren Augen sammelt sich das Rot. Es sammelt sich zu einem riesigen wabernden Gebilde und kommt leise grollend auf sie zu. Die Wand muss weg, die Ecke, Marie muss weg, sie muss fliehen. Es geht nicht. Vorne das Rot, hinten die Wand. Marie schließt die Augen und sieht alles genauso wie vorher. Augen auf, Augen zu, Augen auf, Augen zu. Das Grollen wird lauter, das Rot wird größer, füllt alles aus und dann brüllt es. Brüllt so laut, dass Marie nichts mehr sehen kann, nur noch hören.

Augen auf. Es war ganz still im Wald, kein Grollen, und Marie gegenüber saß dieser schwarze Junge, hatte die Beine angezogen und eng umschlungen, und die Tränen liefen ihm übers Gesicht. Sie starrte ihn an. Und mit einem Mal stieg es in ihr hoch, sie konnte es nicht verhindern.

Vielleicht war es das Weed. Vielleicht musste sie deswegen so furchtbar lachen. Oder eine Art Erleichterung. Sie hatte das noch nie erzählt. Sie wusste es nicht, wusste nur, dass sie nicht aufhören konnte, und das tat ihr leid, weil Jori sich schnell die Tränen wegwischte. Es war ihm peinlich und das musste es eigentlich nicht.

»Hey, verarschst du mich etwa?«, blaffte er sie an.

Marie schüttelte nur den Kopf und lachte, versuchte, »es tut mir leid« zu sagen, brachte es aber nicht richtig raus vor lauter Lachen, sprang schließlich auf, nahm seine Hand und zog ihn mit sich über die Äste, durch die Bäume, der langsam aufgehenden Sonne entgegen.

»Warte ... nicht so schnell!« Für einen Bodenmenschen machte er seine Sache gar nicht so schlecht, hielt sich hier und da fest, schaffte es aber, das Gleichgewicht zu halten und hinter ihr herzukommen. Sie liefen und kletterten bis zu einem der Waldränder und da begrüßten sie die Sonne, krähten aus Leibeskräften und schrien einen Guten Morgen in die Welt.

Als Jori es auf einem Bein versuchte, weil er verwegen wurde, ausgelassen unsterblich war und fälschlicherweise annahm, Hähne würden beim Krähen ein Bein anziehen, fiel er beinahe hinunter. Marie hielt ihn fest, schaute ihm tief in die Augen und küsste ihn. Wenn er verwundert war, so ließ er es sich nicht anmerken, sondern küsste zurück, als hätte er schon die ganze Zeit darauf gewartet.

Sie holten sich voneinander, was ihnen beiden so dringend fehlte. Wärme, Haut, Zärtlichkeit, wildes Verlangen, einen jeweils anderen Menschen, der in diesem Moment nur für sie da war.

Als sie erwachte, stand die Sonne hoch am Himmel. Marie lag in ihrem Nest, gut zugedeckt mit dem Schlafsack und Joris Jacke. Sie öffnete nur die Augen, bewegte sich nicht und fühlte, wie sie sich fühlte. Es waren zwei Dinge passiert, die nicht hätten passieren dürfen, und dennoch, und obwohl das Rot leise grollte, empfand sie kein Bedauern. Vor den Männern in Acht nehmen, hatte Schlappe noch gesagt, und davon abgesehen, dass Marie so was von gar nicht auf sie gehört hatte, dachte sie darüber nach, was Schlappe wohl für Erfahrungen mit diesem Geschlecht gemacht hatte, dass sie so sprechen konnte. Eigentlich wusste sie nichts von ihr. Schlappe war Schlappe, mit einer kleinen Vergangenheit im Irrenhaus und einer Zukunft ganz ohne Ereignisse.

Marie setzte sich auf und kämmte die langen Haare mit ihren Fingern. Sie hätte Jori niemals so viel erzählen dürfen. Andererseits, wie erstaunlich, dass es überhaupt möglich gewesen war. Bisher nie, niemals hätte sie diese Geschichte vorher erzählen können. Marie schob es auf das Weed. Nicht umsonst hatte sie es sich eigentlich verboten. Was machte dieser Typ mit ihr? Brachte sie dazu, unfreundlich zu sein, obwohl sie freundlich sein sollte, brachte sie dazu, ihm von diesem Tag zu erzählen, vom Rot sogar. Marie hoffte, dass er das nicht wirklich verstanden hatte. Aber geheult hatte er. Zugehört wohl schon. Seine Aufregung war beunruhigend gewesen, aufwühlend, und wenn sie jetzt darüber nachdachte, hatte sie ihn gleich irgendwie gemocht, schon als sie ihn auf das gelbe Papier gemalt hatte. Sie zog ihren Block hervor und blätterte ihn durch. Die Seiten wechselten die Farben, und auf den gelben fand sie Schlappe, Eichhorn, Taube und den schwarzen Jori.

Marie zog sich an und kletterte zum Bach. Sie hängte sich kopfüber an einen Ast, ließ die Haare ins Wasser baumeln und schöpfte es mit einem kleinen Blecheimer, um sich zu waschen. Es war eiskalt und vertrieb ihre queren Gedanken. Das mit dem Kiffen war ihre Idee gewesen, das mit dem Küssen auch und soweit sie es beurteilen konnte, was sie eigentlich nicht konnte, war er gut darin. Wer weiß, wie viele er schon geküsst hatte. Es war ihm jedenfalls nicht unangenehm gewesen. Marie setzte sich auf, schüttete sich einen letzten Eimer kalten Wassers über den vorgebeugten Kopf, schnappte nach Luft und schüttelte sich. Sie musste versuchen, klare Gedanken zu fassen, nicht alles kreuz und quer und durcheinander, wie es ihr gerade einfiel. Sie beeilte sich, nach Hause zu kommen. Es war zu kalt geworden, um mit nassen Haaren herumzusitzen und nachzudenken. Schlotternd mummelte sie sich in ihren Schlafsack in der Mulde, wickelte sich Joris Jacke um den Kopf, damit die Haare trocknen konnten und vergrub ihre eiskalten Füße tief in die Daunen.

Er hatte wahrscheinlich gerade das späte Frühstück mit seinen Eltern hinter sich. Warmes Rührei mit Speck, bestimmt aß er tote Tiere, schließlich mochte er sie ja nicht, und niemand hatte bemerkt, dass er die ganze Nacht weg gewesen war, wilde

Pläne geschmiedet und mit dem verrückten Mädchen in den Bäumen geschlafen hatte. Böser Junge.

Marie grinste und wackelte mit den Zehen. So war es also. So fühlte es sich an. Marie schloss die Augen. Schön.

Nur, dass eine wie sie sich nicht verlieben konnte und erst recht nicht durfte. Schon gar nicht in so einen Pfosten. Sein Gesicht tauchte vor ihr auf. Die helle Haut in der Dunkelheit, die Tränen, die ihm die Wangen hinunterliefen. Tränen, die er ausschließlich für sie geweint hatte. Das widersprach dem, was Marie gelernt hatte: Niemand übernahm Verantwortung für sie, niemanden ging es also etwas an, was sie getan hatte oder zu tun gedachte, vielleicht die Gute, aber die war weg. Und auch er musste raus aus ihrem Leben. Er würde alles durcheinanderbringen. Sie waren Verbündete in Sachen Haus, nicht mehr. Und Marie sollte unbedingt konzentriert bleiben. Die Karierte würde wiederkommen und sicher nicht mit frohen Botschaften. Und Jori durfte nicht in das Mörderhaus ziehen. Aber abfackeln ging nicht. Wenn er das täte, würden alle sofort mit dem Finger auf Marie zeigen. Dann wäre sie es gewesen. Und dann könnte sie nicht in den Bäumen bleiben, nein, dann nicht mehr.

Taube landete einen Ast höher.

»Hey du!«

Sie schien aufgeregt, tippelte hin und her und als

ein dicker Tauberich neben ihr landete, wusste Marie auch warum. Vor den Männern in Acht nehmen. Er hatte sich aufgeplustert, um groß und stark zu erscheinen und bedrängte Taube, wollte unbedingt auf sie drauf.

»Du, du könntest sie vielleicht erst mal fragen.«

Taube bestätigte das schnippisch, flatterte hoch, versuchte ihm zu entkommen, aber er gleich hinterher, war ihr auf den Fersen, belagerte sie. Dabei machte er gurrige Töne. Säuselte ihr wahrscheinlich ins Ohr, sagte ihr, wie schön sie und wie lange er schon hinter ihr her war, dass er es nicht mehr aushalten konnte und sie doch bitte sein Flehen erhören möge. Jori hatte nichts dergleichen gesagt, kein Wort. Sie hatten dann gar nicht mehr geredet.

Taube flüchtete einen Ast tiefer, weit unter Marie, als suchte sie Schutz. Der Tauberich wagte sich tatsächlich nicht an ihr vorbei und trippelte nervös hin und her, Taube stets im Blick. Gerade überlegte Marie, dass es sicher nicht Tauberich hieß, und fragte sich wie stattdessen, da flatterte Taube zu ihr und trug ein Stück Papier im Schnabel. Nachricht von der Mutter.

Dieser Brief war eine Chance. Die Mutter konnte widersprechen, sie konnte verhindern, was da geplant war und ins Unglück führen musste. Aufgeregt schnappte Marie sich das Papier, lobte Taube, »eine echte Brieftaube bist du geworden«, und ließ sie fliegen, wünschte ihr Glück, da der Taubenmann ihr sofort folgte.

Andächtig vergrub Marie sich tief in ihr Nest, zog den Schlafsack fest um sich und entfaltete das Papier.

Kaum hatte sie fertig gelesen, brüllte das Rot so laut auf, dass Marie sofort auf den Beinen war und den Abwehrstock in den Händen hielt.

»Hey Marie, ich hab Eis mitgebracht, das letzte, bevor sie schließen. Im Winter verkaufen sie Karnevalskram. Ich dachte ...!«

Jori blieb stehen. Marie kämpfte mit wilden, offenen Haaren auf einem Ast von Heimatbaum mit einem Stock gegen? Ja, gegen nichts. Gegen die Luft. Gegen es. Jori stellt die Eisbecher ab und rannte zum Ahorn. »Marie, was ist los?«

»Hau ab, Mann!«, brüllte sie zu ihm runter.

»Gib mir das Seil, ich helfe dir!«

»Du sollst abhauen, hab ich gesagt.«

»Hey, ich bin's, Jori, weißt du noch?«

»Gar nichts weiß ich, was soll ich wissen, Pfosten? Zisch ab, fahr zur Hölle.«

Jori starrte zu ihr hoch. »Marie.«

Er trat ein paar Schritte zurück, versenkte seine Hände im Hoodie und ärgerte sich über sich selbst. Wie ein Idiot hatte er am Frühstückstisch gesessen und keinen Bissen runtergekriegt. Das Gerede seiner Eltern war nur als dumpfes Murmeln in seinen Kopf vorgedrungen und alle Gedanken kreisten um Marie. Tatsächlich war es ihm in diesem Moment ein bisschen egal, ob sie nun in das Haus ziehen würden oder nicht, eigentlich nicht nur egal, eigentlich wollte er einfach nur bei Marie bleiben.

»Hast du gekifft, Jori, oder was ist mir dir los?«

»Das macht er doch nicht mehr, oder Jori?«

Marie hatte ihm erzählt, dass sie etwas bedrohe, und es war abstrakt genug, sie so zu sehen. Aber warum konnte er ihr nicht helfen, warum sofort diese Ablehnung, als hätten sie nicht eine schöne Nacht gehabt, die schönste eigentlich, so wild und frei, Jori konnte sich nicht erinnern, jemals schon so ein Gefühl gehabt zu haben. Er wandte sich noch einmal zu ihr hoch, versuchte sie in ihrem keuchenden, wilden Kampf zu unterbrechen. Sie brachte all ihre Abwehrgegenstände in Bewegung, es klirrte und glitzerte, schepperte und krachte, Marie keuchte und ihr Stock wirbelte herum. »Verschwinde, du kriegst mich nicht, niemand kriegt mich, niemand!«

»Marie! Ich komme später noch mal, dann können wir reden!«

»Ich rede nicht mit dir, check das mal, Pfosten, ich rede nicht!«

»Ich will dir helfen, lass mich dir helfen!« Wütend schleuderte Marie einen Stock nach ihm. Jori konnte gerade noch ausweichen und musste einsehen, dass er keine Chance hatte gegen die Dinge in ihrem Kopf.

Er drehte sich um und kickte einen der Eisbecher durch die Luft. Wie hatte er sich nur einbilden können, eine wie Marie mit Eis ködern zu können? Er war wieder angekommen. Auf dem Boden.

9

Die ganze Nacht hatte Lisa auf der kleinen Holzbank gesessen und gewartet. Sie hatte sich eingeredet, dass er nur mit einem Freund um die Häuser zog, vielleicht mit Michi und Fred, er war eh lange nicht mehr mit ihnen weg gewesen. Sie kannte jede Kneipe, die sie in der immer gleichen Reihenfolge aufsuchten. Am Ende landeten sie immer im Pauls, nicht weil es so hieß wie Paul, sondern weil die einen Billardtisch hatten, den sie dann stundenlang malträtierten.

Ja, das Pauls. Da hatten sie sich das erste Mal gesehen. Lisa saß mit einer Freundin aus dem Hotel am Tresen. Obwohl, Freundin war vielleicht zu viel gesagt, sie hatte ja eigentlich keine richtigen Freundinnen, noch nie wirklich. Und Annika auch nicht. Solche tun sich ja dann gerne mal zusammen.

Annika gehörte zum Zimmerpersonal, wollte aber

wie Lisa noch hoch hinaus, wobei ihr Weg vielleicht schwerer werden könnte. Vom Zimmermädchen zur Millionärin, gab es ja in echt nicht so oft. Hatte Lisa so für sich gedacht. Jetzt allerdings, da sie schwanger war, könnte doch alles wieder ganz anders aussehen und Annika sie locker von rechts überholen.

Jedenfalls kamen da die Jungs rein und ihre Nichtfreundin ließ sich nicht lange bitten. Billard war eine ihrer Spezialitäten. Lachte und warf die Haare nach hinten. Lisa konnte nicht Billard spielen. Es machte ihr nichts aus, am Tresen sitzen zu bleiben und ihnen zuzuschauen, ganz für sich hinter die Regeln zu kommen und zu merken, dass es so weit nun auch nicht her war mit Annikas Künsten. Dafür war dieses Spiel eine gute Gelegenheit, das kichernde Weibchen zu sein und sich kokett zeigen zu lassen, wie man den Stab hielt. Lisa bestellte sich noch eine Caipirinha. Normalerweise konnte sie sich zwei nicht leisten, aber es war Monatsanfang und das Getue ging ihr auf den Geist und außerdem war Caipirinha das einzige Getränk, von dem man am nächsten Morgen keinen Kater hatte. Im Gegenteil, man konnte die Aufgedrehtheit des vergangenen Abends mitnehmen und noch bis weit in den Vormittag hinein nutzen.

»Ich könnte es dir zeigen.« Paul stand neben ihr mit seinen Haaren und diesen Augen.

»Billard zeigt man Mädchen nur, um sie abzuschleppen.« Sie deutete mit dem Kopf auf Annika, die in den Armen von Michi stand und sich von ihm den Stab führen ließ. Paul grinste.

»Das stimmt.«

Lisa nahm verwundert einen großen Schluck und zog die Augenbrauen zusammen. Er gab es einfach zu? Und wenn, bedeutete das, er wollte sie abschleppen?

Er lachte. »Wenn du so schaust, muss ich es mir allerdings noch mal ernsthaft überlegen.«

»Wir könnten das mit dem Billard überspringen.« Annika drehte sich in Michis Armen ihm zu und sie küssten sich. Paul grinste. »Okay?!« Lisa musste lachen und er zog sich einen Barhocker ran. »Paul.«

»Im Ernst?«

Ja, das Pauls. Lisa schaute aus dem Fenster, als läge es direkt gegenüber auf der anderen Straßenseite und als würde er sicher gleich rauskommen, fröhlich, wie zu jeder Zeit, um sie dann damit anzustecken.

Auch um vier war er noch nicht da, kein Text, nichts, und sie fing an, es unmöglich zu finden. Immerhin trug sie sein Kind im Bauch. Und warum war das eigentlich so schlimm, dass er ihre Mutter nicht kannte? Also wirklich, wen wollte er eigentlich, sie oder ihre Mutter? War es denn verboten, ein kleines Geheimnis zu haben? War es Bedingung für eine Beziehung, dass jeder alles vom anderen wusste? Und wenn ja, wer bestimmte das? Er hatte ihr sicher auch nicht alles erzählt, jedes kleinste Fitzelchen aus seinem bisherigen Leben. Sicher nicht. Und sie konnte ja nichts dafür, dass seine Eltern so unglaublich nett waren und sie mit offenen Armen in die Familie aufgenommen hatten. Recht war ihr das nicht, sie kam sich komisch vor, und da konnten sie ihre Arme noch so lange aufhalten, Lisa war sicher die Letzte, die hineingeflogen kam.

Um fünf heulte sie. Schon wieder. Scheiß Hormone.

Sie versuchte sich vorzustellen, er zu sein, versuchte sich ganz auf das Geistige zu konzentrieren, die Seele, denn immer, wenn sie sich in einen Mann hineinversetzte, wollte sie als Erstes fühlen, wie es wohl war, einen Penis zu haben. Dass dieses Ding so selbstständig handelte, faszinierte sie, den Typen quasi kontrollierte, wenn er es nicht kontrollieren konnte, und das war ja wohl meistens der Fall. Zumindest glaubte Lisa das.

Also, sie wäre Paul, und seine Freundin, die dann auch sie war, hatte ihm erzählt, dass ihre Mutter tot ist. Und dann erführe sie, dass das voll gelogen war. Und zwar nicht, weil seine Freundin wollte, dass er es erfährt, sondern weil sie sich dummerweise verquatscht hatte. Okay, da wäre sie total sauer.

Paul nicht. Eher verwundert und auf der Suche

nach der Wahrheit oder dem Grund. Wenn sie Paul wäre, wüsste sie zu dem Zeitpunkt allerdings nicht, dass auch die zweite Geschichte, die Ausrede gelogen war.

Lisa fühlte sich todmüde und es wurde ihr zu kompliziert, um die Ecke zu denken. Paul war der Ansicht gewesen, sie hätten sich ausgesprochen und alles wäre gut. Aber dann durfte er wieder nicht mit. Mit der zukünftigen Mutter seines Kindes zu der ebenfalls zukünftigen Großmutter. Ohne Angaben von Gründen. Er durfte einfach nicht. Er fühlte, dass es da etwas Dunkles gab, und dass es kein kleines Geheimnis war, sondern etwas, das zwischen ihnen stehen würde.

Lisa hatte Durst. Seit sie schwanger war, immer auf Orangensaft. Sie quälte sich von der Bank und ging zum Kühlschrank. In der Wohnung war es kalt, da nachts die Heizung automatisch runtergeschaltet wurde. Es regte sie maßlos auf. Sie konnte es nicht leiden, fremdbestimmt zu sein. Wenn sie es warm haben wollte, dann musste das möglich sein. Niemand auf der ganzen Welt sollte sich anmaßen zu wissen, was sie brauchte und was eben nicht. Im Kühlschrank standen vier Flaschen für sie bereit, ihre Lieblingsmarke mit echtem Fruchtfleisch. Danke, Paul. Wo bist du, Paul?

Sie holte sich dicke Socken und den Seemannspulli, der nach ihm roch, und dachte an Marie. Auch sie konnte keine Heizung aufdrehen. Aber sie hatte sich das verdammt noch mal ausgesucht. Oder eigentlich auch nicht. Lisa war zu müde, um darüber nachzudenken, aber das Bett kam nicht infrage. Sie wollte wach sein und da, wenn Paul nach Hause kam. Sie wollte versuchen, es ihm zu erklären, ohne es ihm zu erklären. Wenn sie Paul wäre, was würde sie sagen, wenn sie erführe, dass sie die Tochter einer Mörderin geschwängert hätte? Sie würde sie verlassen, ja, ganz bestimmt. Denn sie würde nicht nur die genetische Gefahr mittragen müssen, sondern auch die Verantwortung für eine Frau im Knast, ein Mädchen in den Bäumen und ein Mörderhaus. Wenn sie Paul wäre, würde sie sich dagegen entscheiden. Sie hatte also alles richtig gemacht, ihm die Entscheidung abgenommen und die komplette Verantwortung für ihre Scheiße übernommen. Musste er sie nicht eigentlich wie verrückt lieben dafür? Aber wie sollte er, wenn er das doch gar nicht wusste? Und wenn sie Paul wäre, würde sie sich vielleicht auch nicht dagegen entscheiden, weil sie ja Paul wäre. Was bildete sie sich überhaupt ein? Lisa drehte sich im Kreis ... und wachte vom Klingeln ihres Handys auf. Draußen dämmerte es, sie tastete hektisch nach dem Gerät, warf es dabei runter, »warte, warte, Paul, nicht auflegen«, sprang von der Bank, kniete sich auf den Boden und hob ab.

»Paul?«

»Frau Körner? Lisa Körner? Hier spricht Schmitt vom Jugendamt, entschuldigen Sie die frühe Störung.«

Lisa sackte zur Seite weg und lehnte sich enttäuscht an die Bank.

»Ja?«

»Geht es Ihnen gut?« Lisa dachte nach. Wohl eher nicht. Aber wollte sie das ausgerechnet dieser Schmitt erzählen? Andererseits warum nicht, die war immerhin ausgebildet und konnte ihr vielleicht sagen, was richtig und was falsch war. Sie dachte zu lange nach und Frau Schmitt überging die nicht bekommene Antwort.

»Wissen Sie etwas über Marie?« Sie klang besorgt, aber Lisa war zu erschöpft und müde, um mehr zu denken, als »was ist denn jetzt schon wieder?«.

»Sie hat ein Graffiti an das Haus gesprüht«, fuhr die Schmitt fort. Lisa nickte und vergaß, dass die das ja nicht sehen konnte. »Nun, das ist nicht besonders gut angekommen. Und ich wollte jetzt nur wissen, ob Sie das wissen und ob Sie vielleicht irgendwas unternommen haben, denn meine Chefin wird da jetzt durchgreifen, da bin ich ziemlich sicher.«

Lisa nickte wieder. »Und was hat das mit mir zu tun?«, wollte sie gerne fragen, wusste aber die Antwort und ließ es deshalb.

»Wie sieht es denn aus mit dem Hausverkauf? Haben Sie sich entschieden?«

Lisa starrte auf ihre Handtasche. Sie lag noch genauso auf dem Tisch, wie sie sie hingeschmissen hatte, die Unterlagen, die ihre Mutter nicht gelesen hatte, waren ausgekippt, darauf der Brief an Marie.

»Frau Körner? Alles okay bei ihnen?«

»Ja«, presste Lisa hervor und fühlte sich so erschlagen, dass sie sich noch nicht mal ärgerte, weil ihr die Tränen schon wieder runterliefen.

»Nun, ich denke, dass diese Entscheidung für Marie sehr viel bedeutet und was auch immer Sie zu tun gedenken, Sie sollten ihre Schwester darauf vorbereiten.«

Lisa lachte auf und war auf einmal unendlich wütend. »Sagen Sie mal, Frau Schmitt, wo sind Sie eigentlich?«

»Ach, ganz weit oben im Norden, Bergen, sehr idyllisch, aber ich finde keine ruhige Minute seit dem Anruf.«

»Dann entspannen Sie sich doch einfach. Hier ist sowieso nichts zu ändern. Sie haben ja gesehen, wie Marie mit mir umgeht. Es wird also ein Leichtes für mich sein, neben dem Verkauf des Hauses, der Schwangerschaft und dem Verlust meines Freundes, Marie auf das, was sie sich einbildet, vorzubereiten.«

Die Schmitt atmete hörbar. Dann war es eine Weile still.

»Gibt es sonst noch ...«

»Hören Sie. Ich mache mir nur Sorgen um Marie.«

Lisa fingerte nach der Orangensaftflasche, die ihr jemand gekauft hatte, der sich zumindest bis vor Kurzem Sorgen um SIE gemacht hatte.

»Nun, es wird eine Sitzung geben, in der es um Ihre Schwester und die Zukunft geht. Ich bin mir ziemlich sicher, dass sie sie nicht über den Winter in den Bäumen lassen werden, vor allem nicht nach der ...« Es tutete in Lisas Handy und Pauls Name stand im Display. Sofort schlug ihr Herz bis zum Hals.

»Frau Schmitt, sorry, ich muss jetzt ... da ist ein ... das ist wichtig.«

»Ihre Schwester ist in akuter Gefahr, da ...« Lisa drückte sie weg.

»Paul? Paul!« Zu spät. Hektisch rief sie zurück. Besetzt. Noch mal. Besetzt. Dann ging er endlich dran.

»Paul? Wo bist du? Wann kommst du nach Hause? Ich warte die ganze Zeit auf dich.«

Paul klang ruhig, fragte sie, wie es ihr ging, und erklärte ihr dann genau das, was sie sich schon gedacht hatte, als sie versuchte er zu sein oder zumindest so wie er zu fühlen.

»Das ist nicht einfach, aber ich glaube nicht, dass ich so mit dir leben kann. So mit diesem Geheimnis zwischen uns.«

Lisa zerrte einen losen Faden aus ihrem T-Shirt, wickelte ihn um den Finger und schnürte sich damit das Blut ab.

»Wo bist du denn?«, flüsterte sie.

»Erst mal bei Fred«, flüsterte er zurück.

»Aber der hat doch nur ein Zimmer und keine Badewanne. Du badest doch so gerne, Paul, also wenn du mal baden möchtest, dann komm doch …!«

»Lisa! Denk bitte mal drüber nach. Vielleicht kannst du mich ja verstehen. Bis dann.«

»Warte, Paul, warte, ich hab darüber nachgedacht, ehrlich, die ganze Nacht, auf unserer Holzbank, weißt du, die in der Gaube. Ich hab's wirklich versucht, aber es ist ehrlich …« Erst jetzt merkte sie, wie still es am anderen Ende war. Diese Stille, wenn längst keiner mehr dran ist. Sie ließ das Handy sinken und ihr Blick fiel auf Mamas Brief an Marie. Marie. Marie.

Mühsam stand sie auf, schnappte sich ihre Tasche und ging auf Socken zum Auto. Sie brauste in den Morgen Richtung Maries Baum, schlich auf leisen Socken hin und klemmte das Papier zwischen den Stamm und den untersten Ast, starrte es an, nahm es wieder heraus, um es doch zu lesen.

»Meine liebe Marie. Ich hoffe, es geht dir gut in deinen Bäumen. Gerade ist Lisa bei mir. Ich verstehe sehr gut, dass du Angst davor hast, wenn das Haus verkauft wird, aber Lisa braucht das Geld. Wusstest du, dass sie ein Baby bekommt? Ist das nicht schön? Ich hoffe, du kannst das verstehen und dich mit dem Gedanken anfreunden. Wir werden da nie wieder hingehen und vielleicht können ja andere ihr Glück dort finden. Hab dich sehr lieb, Mama.«

Nachdem Marie den Brief gelesen hatte, dauerte es besonders lange, bis sie sich wieder beruhigte und das Rot missmutig verstummte. Es fühlte sich essenzieller an als sonst, endgültiger, kurz vor einer Entscheidung. Und Marie hatte begriffen, dass sie es zwar aufhalten konnte, weil es etwas mit ihr und ihrer eigenen Wut oder Angst zu tun hatte, aber nicht besiegen. Kein Abwehrgedöns konnte es letztendlich bremsen. Das Rot würde gewinnen, wenn sich nichts änderte. Aber was genau?

Sie saß auf einem Ast, hatte ihre Klamotten im Bach gewaschen und zum Trocknen in die kalte Herbstsonne gehängt.

Die Karierte würde heute kommen, um Dinge mit ihr zu besprechen, da war sie sehr sicher und darauf fieberte sie nun hin. Nun! Das Wort der Guten. Bis sie wieder kam, würde es zu spät sein und so hatte Marie also nur noch eine Chance, den Hauskauf zu verhindern, nur noch diese eine Ansprechpartnerin, deren Position sie noch nicht kannte, aber ahnte. Sie musste die Karierte umstimmen, sie dazu bringen, dem Kauf entgegenzuwirken. Denn was zählte schließlich mehr, ein verrottetes Haus oder ein Mädchen, das drohte zu verrotten? Sie würde sie zu sich hochlassen, das hatte sie ja jetzt schon geübt und konnte es eventuell aushalten, auch wenn man sie jetzt nicht gerade mit Pfosten vergleichen konnte.

Seine schicke Winterjacke baumelte an einem toten Ast und wartete auf ihn. Aber nach der Abfuhr würde er wohl nicht mehr kommen. Würde sie auch nicht. Sie hatte ihm von etwas erzählt, was sie bedrohte, aber letztendlich hatte er sie nur toben gesehen, sie allein, für ihn gegen nichts. Er musste sie für wirklich verrückt halten.

Weil ihre Klamotten in der Kälte nicht richtig trocken wurden, zog sie sie feuchtklamm an, wie sie waren. Ordentlich aussehen, die Devise von heute, ein Mädchen, das allein zurechtkam, dort, wo es wohnte. Sie würde der Karierten diese Welt zeigen und beweisen, dass es möglich war. Warum auch nicht? Nur weil irgendwer irgendwann behauptet hatte, man müsste in Häusern leben, die Füße immer schön auf dem Boden? Ein Kompliment allerorten: Die steht mit beiden Beinen auf dem Boden, ein bodenständiges Mädchen! Und wer das nicht ist, wird irgendwann ins Bodenlose fallen. Vielleicht war es an der Zeit, alte Bräuche und Gebote zu überdenken. Wie viele Jahrtausende waren sich die Menschen auf dem Boden entgegengelaufen, um sich die Köpfe einzuschlagen? Wie viele waren von wilden Bodentieren zerrissen oder vom Erdboden verschluckt worden, hatten mit dem Boden gekämpft, um Nahrung von ihm zu bekommen, und gedacht, hier wären sie sicher. Das ist mein Grund und Boden! Irrtum! Und trotzdem weitergemacht.

Die feuchten Kleider ließen sie erschauern und so fischte sie Pfostens Jacke vom Ast, zog sie an und fest um sich. Jorigeruch. So musste sie zwangsläufig an ihn denken. Flocht ihre langen Haare zu einem Zopf, wickelte ihn um ihren Kopf und steckte ihn mit kleinen Zweigen fest, an denen noch Eicheln hingen oder rote Blätter und Beeren. Nein, sie würde nicht sagen können, dass sie hier oben vor die Hunde ging.

Sogar die Schuhe hatte sie angezogen und Socken, die Schlappe ihr gebracht hatte. »Frisch gewaschen. Und guck, da sind Steine drauf. Die magst du doch so.« Marie grinste. Es waren nur Socken mit Punkten, aber so hatte Schlappe wahrscheinlich auch immer ihre Patienten besänftigt.

Sie ordnete die Rotabwehr, nahm spitze oder gefährlich aussehende Dinge ab, sodass der Zaun, den sie verzweifelt um sich errichtet hatte, nur noch aussah wie Schmuck, kindischer Klimbim, setzte sich, wartete und sammelte ihre Gedanken wie Pilze in ein Körbchen, um dann ein wohlschmeckendes Gericht daraus zu machen. So etwas Leckeres hatte die Karierte mit Sicherheit noch niemals zum Probieren bekommen. Marie schaute durch die schon kahl gewordenen Wipfel der Bäume in den Himmel und wollte sich gerne so fühlen wie die vielen kleinen

Wolken, die vollkommen unbeachtet vorbeizogen, wenn sie nicht gerade hinschaute. Überm Boden, aber unterm Radar. Nur leider schien es so, dass sich je unauffälliger man sein wollte, umso mehr Leute um einen scharten. Zumindest hatte sie keinen blassen Schimmer, warum sich in diesem Moment die Zwillinge genau auf sie zubewegten. Dabei machten sie den größtmöglichen Lärm, trampelten alles nieder und hatten nichts als den Ahorn, also Marie im Visier. Sie rührte sich nicht und schaute auch nicht zu ihnen runter, als sie dort haltmachten.

»Hey Tree-Marie, alles im Lack?«

»Wuh, die Süße ist frisch lackiert.«

»Für uns?«

»Na ja, vielleicht macht sie das zu jeder Sprechstunde.«

Marie blieb still sitzen. Wovon redeten die? Wussten sie, dass die Karierte heute kommen würde? Wohl kaum.

»Du nennst das sprechen, Alter? Du nennst das im Ernst sprechen?«

Marie ballte die Fäuste in den Taschen. Warum gingen die nicht weg? Was wollten sie? Konnten sie sich nicht einfach in ihre Bushaltestelle setzen, kiffen und die Klappe halten? Sie hatte heute wirklich etwas anderes zu tun.

»Tree-Marie!«

Sie hielt das Grollen im Griff. Noch. Versuchte an etwas anderes zu denken. Zum Beispiel, dass das Grollen sich kaum gemuckst hatte in der Nacht mit Jori. Zum Beispiel also an ihn. Wie er lachte. Wie er weinte. Und küsste.

»Funkenmariechen, redest du nicht mit uns?«

»Das wirst du wohl müssen, wenn du ein bisschen Geld verdienen willst.«

Sie schaute zu ihnen runter. »Ich brauch kein Geld.«

Die Brüder lachten viel zu laut, es war nicht echt. Es war bedrohlich.

»Sie macht es umsonst!«

»Also, ich bin bereit.«

»Ich auch!«

Die beiden stellten sich breitbeinig auf und wippten mit den Unterleibern vor und zurück.

»Wer soll der Erste sein, Tree-Marie?«

Jori hatte es ihnen erzählt. Pfosten.

In dem Moment, in dem er es sagte, wusste er, dass es ein Fehler war. Nur dass er es in dem Moment nicht als Fehler empfand. Er war wütend und verletzt, im höchsten Maße gekränkt.

Hatte er sich wirklich eingebildet, er könnte das für Marie lösen? Im Ernst gedacht, er würde ihr mehr bedeuten als andere? Er war auf sie reingefallen und sie spielte mit ihm.

Sie hockten in der Bushaltestelle, kifften und tranken Bier.

Die Timtoms hatten eine ganze Kiste angeschleppt. Es gab nichts zu feiern, außer der tödlichen Langeweile. Kiffen und saufen, bekanntermaßen eine Höllenkombi, aber egal. Jori wollte nichts weiter, als sich den Schädel wegzubrennen, die Nacht mit Marie zu löschen, die Nacht, in der sie nicht verrückt gewesen war, ein ganz normales Mädchen in den Bäumen. Er wollte ihr genauso wehtun wie sie ihm.

Nach dem vierten Bier hatte er es ihnen erzählt, rumgeprotzt, wie ganz wunderbar man sie knallen konnte und wie wenig schwer es gewesen war, sie zu überreden, eigentlich hatte sogar sie angefangen. Die Zwillinge hatten vor Freude gejuchzt und gegrölt, sie hatten ihm auf die Schulter geklopft, ihren Respekt ausgesprochen und sich alles haarklein und lautstark vorgestellt. Auf den Bäumen geht das auch von hinten, hat er sie zum Schreien gebracht, ja, bestimmt, die Kleine konnte ja schreien wie keine andere.

Da hielt Jori es nicht mehr aus, wollte es nicht hören und nicht, dass Marie in den Dreck gezogen wurde, aber es war nicht mehr zu stoppen und er viel zu dicht, um auf sich zu hören. Also machte er mit, steigerte sich mit ihnen hinein, posaunte Dinge heraus, die überhaupt nicht stimmten und nie so gewesen waren. Bis ihnen nichts mehr einfiel. Bis sie komplett durch waren mit all ihren Fantasien und Träumen. Bis Tim sagte: »Die knall ich auch!« Und Jori kotzen musste.

Marie rannte weg. Über die Bäume, von Ast zu Ast, weg von den geifernden, geilen Typen. Nicht ihr Ansinnen verletzte sie, nicht die Steine, die sie ihr hinterherwarfen, ihr immer dicht auf den Fersen, es verletzte sie, dass Pfosten missbraucht hatte, was ihnen allein gehörte und was einfach so hätte stehen bleiben können, ohne angetastet zu werden. Eine schöne Nacht. Ein vertrauter Moment. Ein paar Stunden ohne Grollen, ohne Bedrohung und ohne Gedanken. So war er eben doch nur der Pfosten, als den sie ihn schon am Anfang erkannt hatte.

Und sie hatte sich vertan und musste bereuen, was geschehen war. Bereuen, dass sie ein Mal, ein einziges Mal einfach nicht nachgedacht hatte.

Sie schlug Haken, versteckte sich, änderte wieder die Richtung, aber die Brüder waren zu aufgegeilt, um sich abhängen zu lassen, wähnten sich viel zu sehr auf der Siegerstraße, um sie auch nur einen Zentimeter zu verlassen. Endlich hatten sie sie, die eingebildete Tree-Marie. Getrieben bis an den Rand des Waldes, wo es nicht weiterging, sie saß in der Falle.

»Na los, komm runter!«
»Oder sollen wir zu dir raufkommen?«

Marie versuchte hinter dem Stamm des Baumes in Deckung zu gehen, den Steinen auszuweichen, legte ihre Stirn an die Rinde, schloss die Augen und konnte nicht mehr an Jori denken, um das Grollen zu beruhigen, weil er nur noch Pfosten war.

»Hey, was macht ihr denn da? Lasst das Mädchen in Ruhe!« Die Karierte kam angelaufen, knallrot im Gesicht und ziemlich wütend. »Seht zu, dass ihr Land gewinnt!«

Die Zwillinge machten, dass sie wegkamen.

Marie ging in die Knie, hockte auf dem Ast und schlang die Arme um ihren Körper. Einatmen, ausatmen.

Die Karierte kam zu ihr, lehnte sich an den Baum und war ziemlich aus der Puste. »Wer sind die? Machen die das öfter?«

Marie versuchte, ihre Gedanken zu ordnen. Sie hatte vorgehabt, diese Frau auf ihre Seite zu ziehen, und dann kam sie einfach und rettete sie. Eine sehr günstige Ausgangsposition.

»Danke«, sagte sie leise. »Die machen das öfter, aber heute kamen sie ungelegen.« Marie versuchte zu reden, wie Erwachsene es tun oder Leute, die lange in die Schule gegangen waren, eben nicht so wie sie.

»Wie wär's? Du kommst jetzt da runter, ich spendiere dir ein Eis und wir reden.«

Marie lächelte schmal. Ja, so einfach war das in dieser Welt. Ein schönes Eis und schon scheint wieder die Sonne. Die Gute hatte sie verstanden. Sie wusste, dass Eis nichts bedeutete.

Instinktiv wollte sie die Flucht ergreifen, die Karierte zum Teufel schicken, aber sie hatte sich etwas anderes vorgenommen. Die war ihre letzte Chance.

»Ich kann leider nicht. Boden nicht berühren! Aber ich wollte Ihnen gerne etwas zeigen. Treffen wir uns an meinem Baum?«

Die Karierte strich ihre Bluse zurecht, nickte und natürlich war Marie lange vor ihr da. Sie versuchte sich in Ordnung zu bringen, warf Joris Jacke in den Staub und erinnerte sich, dass man am besten Snacks im Haus hatte, wenn man jemanden erwartete, von dem man etwas wollte.

Bei Mama hatte es immer Datteln im Speckmantel gegeben. Wenn der Mann von der Versicherung kam oder einer von der Bank zum Beispiel. Oder Franz, dem sie mehr Arbeitsstunden oder einfach nur mehr Geld rausleiern wollte. Dabei hätte ihr Lachen schon gereicht.

Gefühlte Stunden lang hatten sie Datteln gewickelt, obwohl Marie das Gefühl hasste, wenn sie den Zahnstocher durch Speck und Frucht stoßen musste.

Eilig suchte sie ein paar Nüsse zusammen, die sie eigentlich für Eichhorn gesammelt hatte, und entschuldigte sich im Vornherein bei ihm. »Es geht um unsere Zukunft«, versuchte sie ihm zu erklären, obwohl er weit und breit nicht zu sehen war.

Sie knackte sie und breitete sie auf einem dunkelroten Blatt aus.

»Hier bin ich.« Sie war wieder aus der Puste. »Was wolltest du mir zeigen?«

Marie ließ das Seil hinunter. »Ich möchte Ihnen zeigen, wie schön es hier oben ist.«

Die Karierte nahm das Seil in die Hände, schätzte den Abstand zum ersten Ast ab, legte den Kopf schief und schüttelte ihn dann.

»Keine gute Idee.«

»Ich kann Ihnen helfen.«

»Vermutlich ist es genau andersherum.«

»Vermutlich nicht.«

Marie reichte das Blatt mit den Nüssen herunter und sagte den Satz, den Mama immer gesagt hatte. »Was Kleines zum Snacken? Dann redet es sich doch viel besser.«

Die Karierte musste fast ein bisschen lachen. Sie nahm eine Nuss, steckte sie in den Mund und kaute. Ungewöhnlich laut, empfand Marie, so laut, dass das Geräusch alles andere übertönte. Sie entschied sich für Offenheit.

»Wenn Sie nicht hochkommen, werden Sie vielleicht nicht verstehen, warum es so wichtig ist, dass ich hierbleiben kann. Und wenn Sie das nicht verstehen, dann werden Sie mir auch nicht helfen. Und wenn Sie mir nicht helfen, dann wird das Haus verkauft und alle die darin wohnen, müssen sterben.«

Die Karierte verschluckte sich an der Nuss und musste husten.

»Marie«, röchelte sie, »da kann ich doch nichts machen! Und ...«, sie musste noch mal husten, »... keiner muss sterben. Du musst aufhören, das zu denken. Nur weil dein Stiefvater ... also, Dinge passieren nicht zweimal.«

Marie lachte auf. Nein? Was war das denn schon wieder für eine Weisheit? Wir müssen auf dem Boden leben und Dinge passieren nicht zweimal! Sie versuchte nicht wütend zu werden, erwachsen zu bleiben.

»Und wenn doch? Was dann?« Marie seufzte. »Ich bin nur auf der Suche nach jemandem, einem einzigen Menschen, der mir glaubt.«

»Ich glaube dir ja, dass du das so fühlst.«

»Ich fühle es nicht nur, es ist so.« Es war so erschöpfend, so schwierig nicht zu schreien, nicht den Kopf an den Stamm zu schlagen, nicht wahnsinnig zu werden.

Die Karierte lehnte sich an Heimatbaum. Es war anstrengend immer hochzugucken, irgendwann lehnte jeder.

»Marie. Es ist dein gutes Recht, das zu glauben, was du glaubst. Es ist erklärbar aus deiner Geschichte und wir versuchen wirklich Verständnis aufzubringen.«

»Gut. Dann werden Sie es nicht zulassen?«

Sie schüttelte leicht den Kopf. »Wir sind aber auch – sagen wir mal – älter als du, wir haben nicht das erlebt, was du erlebt hast, und so ist unsere Wahrnehmung von dir und was das Beste für dich ist, eine andere.«

»Wer ist wir?«

»Das Jugendamt, die anderen Menschen, deine Schwester, beinahe alle.« Marie lehnte sich zurück an den warmen Stamm ihrer Heimat. »Jetzt kommt der Winter. Da kann es bitterkalt werden!« Sie hatte davon gehört. »Und die Stadt, die Leute, sie sind nicht einverstanden. Niemand will, dass du hier alleine vor dich hinvegetierst, niemand möchte irgendwann ein erfrorenes Mädchen aus den Bäumen pflücken.«

Nein, das war ja auch eklig und unangenehm. Aber immer noch besser, als sie aufgedunsen aus dem Wasser zu ziehen, zum Beispiel, oder von den Schienen zu kratzen, vom Ast zu schneiden. Erfrorene Mädchen sind bestimmt appetitliche tote Mädchen.

»Ich vegetiere nicht und erfriere nicht. Deswegen wollte ich es Ihnen ja zeigen. Ich habe vorgesorgt, ich komme zurecht. Aber das ist es ja gar nicht, um was Sie sich kümmern sollen.«

»Doch, genau das ist es.«

»Niemand darf im Mörderhaus wohnen, bitte, Sie müssen mir helfen. Und … und damit helfen

Sie auch sich, denn wenn dort wieder jemand stirbt, dann sind wir alle schuld daran, weil wir es nicht verhindert haben.«

»Niemand wird sterben!«

Marie antwortete nicht und eine Zeit lang war es sehr still. Möglich, dass es nichts mehr zu sagen gab.

Dann stieß die Karierte sich vom Baum ab, schaute wieder nach oben und suchte Maries Blick. Fand ihn aber nicht.

»Es ist beschlossene Sache. Wir haben uns zusammengesetzt und lange darüber gesprochen. In deinem Sinne, denn weißt du, wir haben ja nichts davon, so für dich zu entscheiden.«

»Niemand muss für mich entscheiden.«

»Leider doch. Du bist noch viel zu jung, um das selbst und zu deinem Wohl zu tun.«

Marie schnaubte nur. Lächerlich.

»Wir sind einen langen Weg miteinander gegangen. Jetzt wirst du den Platz hier räumen müssen. Ich helfe dir gerne dabei, wir können alles in mein Auto laden. Ist ja nicht so viel. Ich schlage übermorgen vor. Bis dahin hast du dich sortiert und ich ein Plätzchen für dich gefunden, wo auch du dich wohlfühlen kannst. Vertrau mir!«

10

Und Marie hatte sich sortiert. Es war ja nicht viel. Die Elefantentasche vollgepackt mit den paar Klamotten, die sie besaß, ihrem Zeichenblock, den bunten Stiften, dem Regenponcho der Guten. Schlafsack zusammengerollt, so klein wie möglich und den Rest der Rotabwehr auch noch abgehängt und auf einen Haufen gelegt oder weggeschmissen. Den Draht entfernt.

Sie hatte Nüsse gesammelt, einen ganzen Nachmittag lang, alle, die sie finden konnte, und einen ansehnlichen Haufen für Eichhorn im Nest, das nur noch die Mulde war, platziert. Obwohl sie nicht wusste, wo der eigentlich steckte, er war schon lange nicht mehr da gewesen, zu lange fast, um sich keine Sorgen zu machen. Taube hatte sich einmal mit ihrem Tauberich niedergelassen, mittlerweile umgurrten sie sich gegenseitig, keiner ließ den anderen in Ruhe und Marie wusste, dass es ihr gut ging.

Sie hatte sich vom Bach und den vielen befreundeten Steinen verabschiedet, sich vor jedem Baum einzeln verneigt und sich dafür bedankt, auf ihnen gewohnt und geklettert haben zu dürfen. Jetzt war sie bereit und es sah aus, als hätte niemals ein Mädchen hier gewohnt. Neben der Elefantentasche und dem Schlafsack stand der schwarze Kanister, den Marie von Schnauz besorgt hatte, umwickelt mit den Streifen, in die sie Pfostens Jacke geschnitten hatte. Er war beinahe voll.

Natürlich war es Schnauz nicht entgangen, aber diesmal wusste Marie das. Auch wenn man sicher war, dass er mit der Kundschaft in der Tankstelle und mit den Leuten, die in der Werkstatt auf ihn warteten, total beschäftigt war, Schnauz merkte, dass sich da noch jemand auf seinem Gelände aufhielt, in seinem Paradies, er fühlte es wohl. Marie sammelte von den Bäumen aus fast leere Kanister ein und schüttete das Benzin in einem zusammen. Sie fischte mit Stöcken nach ihnen und war froh, dass sie so einen praktischen und stockfreundlichen Henkel hatten.

»Du schon wieder?« Schnauz stand plötzlich wie aus dem Nichts da, grinste unter seinem wilden Bart und wischte sich die Hände an der komplett ölverschmierten Hose ab, sodass Marie sicher war, dass sie danach schmutziger waren als zuvor. »Willst wohl Stammgast werden?«

»Hey!«, sagte sie und versteckte den Kanister hinter sich.

»Was hast du damit vor?«

»Ich gehe weg.«

»Ach ja? Wo gehst du denn hin?«

»An einen Ort, wo ich mich wohlfühlen kann.«

Schnauz schob die Unterlippe nach vorne und sog seinen Bart ein. »Hm. Wo soll das sein? Ich dachte, hier wäre dein Zuhause?«

Marie schaute ihn traurig an. »Es gibt Leute, die denken, dass der Winter zu kalt ist. Und welche, die wollen nicht, dass ein Mädchen in den Bäumen wohnt.«

Schnauz nickte nachdenklich. »Weiß deine Mutter davon?«

»Meine Mutter ist im Gefängnis.«

»Ich habe sie besucht.« Maries Herz zog sich zusammen und ihr wurde flau im Magen. Er hatte sie gesehen. »Es geht ihr gut, sagt sie.«

»Das ist gut«, flüsterte Marie und konnte sich nicht vorstellen, dass er recht hatte. Der Mutter fehlte der Wald, der Garten, das Leben. Es konnte ihr nicht gut gehen. Sie schaute Schnauz in die kleinen Augen und er schlug sie nieder, weil er wusste, dass sie wusste, dass er gelogen hatte.

»Du musst ihr dann sagen, wo du bist. Sie denkt viel an dich und ich musste ihr genau erzählen, wie es war, als du bei mir die Farbe geklaut hast, um das

Haus anzusprühen. Wie du ausgesehen hast, wie lang deine Haare sind, ob du auch genug isst und solche Sachen.«

Marie schluckte und hoffte nur, dass Schnauz jetzt nicht wieder auf den Kanister zu sprechen kommen würde. »Ich hab ihr gesagt, dass es dir gut geht.«
»Na, du sagst wohl allen, dass es allen gut geht. Ich muss los. Vielen Dank für alles. Also auch für früher.«

Er hob die schmutzige Hand zum Abschied und sie merkte, dass er ihr nachschaute, als sie durch die Bäume verschwand.

»Marie!« Sie drehte sich noch einmal zu ihm um. »Glaubst du, sie wird mich heiraten, wenn sie wieder rauskommt?«

»Es wird einmal ein Wunder gescheh'n.« Und dann fiel ihr noch etwas ein. »Vielleicht solltest du dich mal rasieren!«

»Rasieren?«

»Man kann nicht sehen, ob du einen Mund zum Küssen hast!«

Jetzt hatte sie alles, was sie brauchte, um zu gehen. Sie musste sich nur noch von Schlappe verabschieden. Das hatte sie die ganze Zeit vor sich hergeschoben, es fiel ihr schwer, denn bei Schnauz war es schon so schwer gewesen.

Schlappe wohnte in einem kleinen Häuschen, etwas abseits der Stadt und hatte hinten raus ein riesiges Panoramafenster zum Wald hin. Darauf war sie mächtig stolz, obwohl sie niemals hinausschaute und auch niemand zu ihr hineinsah. Denn was man da zu sehen bekam, war immer dasselbe Bild. Schlappe in ihren Sessel gegossen, die Beine von sich gestreckt, halb liegend mit irgendwas zu essen in der Hand. Da saßlag sie und starrte die bunten Bilder an, die der Fernseher ihr bot, die ausgedachten Geschichten oder die Horrormeldungen des Tages aus einer Welt und einem Leben, an dem sie eigentlich nicht teilnahm. Nur von Weitem eben, eine, die anderen beim Leben zuschaute.

Genauso fand Marie sie jetzt vor. Von dem Baum aus, auf dem sie saß, konnte sie alles deutlich erkennen, und bevor sie sich bemerkbar machte, betrachtete sie Schlappe eine Weile und merkte, wie sehr sie sie mochte. Warum kümmerte sich eigentlich keiner um die? Nur weil sie erwachsen war? Musste man denn nicht auch versuchen, für sie einen Platz zu finden, an dem sie sich wohlfühlt, ein anderes Leben führen konnte? Warum waren sie damit einverstanden, nicht aber mit Maries Glück in den Bäumen?

Sie warf kleine Kieselsteine an das Panoramafenster, bis Schlappe aufschreckte, mit zugekniffenen Augen zu ihr rausschaute, sie endlich erkannte und breit grinsend zum Fenster schlappte, um es aufzureißen.

»Marie, was verschafft mir denn die Ehre? Jetzt habe ich gar keinen Kuchen da.«

Marie ließ sich nach hinten fallen und hing kopfüber an dem Ast, weil Schlappe es liebte, wenn sie Kunststücke machte.

»Konnte ich früher auch«, behauptete sie dann immer, und wenn es eins gab, was Marie sich nicht vorstellen konnte, dann das.

»Ich bin gekommen, um mich zu verabschieden.«

Sofort verschwand das Grinsen aus ihrem Gesicht.

»Verabschieden? Machst du Urlaub?«

Marie schwang sich wieder hoch. »Nein, ich geh woanders hin.«

»Wohin? Warum? Das kannst du doch nicht machen! Hier ist doch alles prächtig! Was willst du woanders?«

Aus dem Fernseher dröhnte das Donnern von Kanonen, Explosionen und Schüssen nach draußen. Möglicherweise wurde gerade eine ganze Welt dem Erdboden gleichgemacht.

»Ich kann nicht hierbleiben. Sie wollen mich unterbringen.«

Schlappes Lippen begannen bedenklich zu zittern, ihre Augen wurden dunkel und feucht und sie schüttelte verzweifelt den Kopf.

»Haben sie dich doch erwischt. Sie erwischen alle, keiner kann entkommen. Wir hätten sonst was an deinem Baum aufbauen können, sie hätten dich gekriegt. Wirst sehen, bald haben sie uns alle in einer Reihe aufgestellt, unsere Gesichter glatt gebügelt, unsere Körper in die immer gleiche Form gepresst und unsere Gedanken auf eine Linie gebracht. Wirst sehen.« Jetzt liefen ihr die Tränen übers Gesicht und Marie war sich nicht sicher, ob Schlappe über Maries Fortgang weinte oder über sich selbst oder die ganze Welt. Von allem etwas wahrscheinlich.

»Ich komme dich besuchen«, presste sie hervor.

Schlappe lächelte dünn. »Eher nicht. Aber wenn, dann wird Kuchen da sein für dich.«

»Du, ich hab dich nie gefragt, aber heute, zum Abschied ... darf ich?«

Schlappe wischte sich Tränen und Rotz an der Trainingsjacke ab, zog geräuschvoll die Nase hoch und nickte. Nickte schluckend. Oder schluckte nickend. Auf jeden Fall war sie einverstanden.

Marie räusperte sich. »Warum arbeitest du nicht mehr in der Anstalt? Ich denke immer, du warst ziemlich gut.«

»Unglückliche Liebe.« Mehr nicht.

Marie verstand, ließ es so stehen und stellte ihre zweite Frage. »Könntest du ab und zu mal nach Eichhorn sehen? Auch für ihn wird es ja Winter und ich habe ihn jetzt schon einige Zeit nicht mehr zu Gesicht bekommen. Könntest du das für mich machen?«

»Natürlich. Du kannst dich auf mich verlassen.«

»Das weiß ich.« Marie warf ihr einen Luftkuss zu und verschwand.

Sie fühlte sofort, dass jemand da gewesen war, als sie auf Heimatbaum ankam. Es war nicht wirklich etwas anders, niemand außer ihr hätte es gesehen. Der Nusshaufen war ein wenig zusammengesackt, die eine Elefantenschnalle stand schräg, ein Pfostenjackenlappen war aufgeknotet. Marie reckte die Nase in die Luft und schnüffelte. Es roch nach Zwillingen. Sie waren da gewesen. Es beunruhigte sie nicht, nicht mehr, es sagte ihr nur, dass sie gehen musste. Jetzt.

Jori hatte seit dem peinlichen Auftritt bei den Timtoms sein Zimmer in der Pension nicht mehr verlassen. Da konnte sein Vater sich noch so aufbauen und ihm drohen, schließlich könnte Jori ihm auch helfen, das Haus zu vermessen und zu planen, das sie kaufen würden. Da könnte er wenigstens mal was lernen. Niemals. Er wollte damit nichts zu tun haben. Reichte ja schon, dass es anscheinend nicht zu verhindern war. Er lag düster auf der Ahornbettwäsche und starrte an die Decke. So konnte er wenigstens weder den Zwillingen begegnen, die eh nur noch das eine Thema hatten, nämlich wie sie Marie ordentlich rannehmen konnten, noch eben jener, vor der er sich unglaublich schämte. Er war echt der letzte Idiot, ein Arsch aus Holz, der nur an sich dachte. Sie hatte ihm von etwas erzählt, daran erinnerte er sich immer wieder. Ein »Es«, das sie bedrohte. Wie ein echter Pfosten war er mit seinem lappigen Eis dagestanden und hatte nur daran gedacht, wieder zu ihr zu klettern, bei ihr zu sein und die Nacht zu wiederholen. Pfosten! Marie hatte schon den richtigen Namen gewählt.

»Äh, du hast Besuch, ich weiß nicht, das sind doch nette Jungs, oder Jori?« Seine Mutter stand in der Tür, wurde aber gleich von den Timtoms zur Seite geschoben. Von wegen nicht begegnen. Kam er nicht zu ihnen, kamen sie eben zu ihm. Denn sie hatten eine Neuigkeit.

»Haste was zu rauchen?«

Jori schüttelte den Kopf. Sein letztes Weed hatte ihn den Fehler machen lassen. Er würde nicht mehr kiffen und auf keinen Fall mit denen. Sie breiteten sich in seinem Zimmer aus, lümmelten sich in den Sessel und auf den Schreibtischstuhl, Belagerungszustand, kein Entkommen.

»Wir waren bei deiner Schnecke auf dem Baum.«

Jori setzte sich ruckartig auf. Der Schreck fuhr ihm in alle Glieder und an seinem Gesicht konnte man wohl deutlich sehen, was er davon hielt.

Die Timtoms kugelten sich vor Freude.

»Ha, schau ihn dir an!«

»Angst um seine Süße!«

»Und mit was?«

»Mit Recht!«
»Die kleine Nutte.«
»Was habt ihr gemacht?«
Tim lehnte sich lässig im Sessel zurück und grinste böse. »Mach dir mal nicht ins Hemd. Sie war nicht da.«
»Aber wenn ...!«
»Dann hätte sie mal richtig was erleben können.«
»Ja, da ist ihr voll was entgangen!«
Jori schloss erleichtert die Augen und bedauerte es, dass man nicht auch Ohrlider hatte. Dann hätte er das Gequatsche nicht mehr hören müssen.
»Warum lasst ihr sie nicht einfach in Ruhe?«
»Tja, stell dir mal vor, selbst das können wir jetzt bald nicht mehr.«
Jori verstand kein Wort und die Timtoms genossen ihre Überlegenheit. Er vergrub sein Gesicht in den Händen und wartete. Irgendwann würden sie es ja doch nicht mehr aushalten und mit der Sprache rausrücken.
»Schöne Aussicht haste!«
»Coole Vorhänge!«
»Kann man das Fenster auch aufmachen?«
»Willst du es wissen?«
Jori explodierte. »Wenn ihr was zu sagen habt, das mich interessiert, dann sagt es oder haut einfach ab, Mann.«
Tim grinste. »Weed?«

»Ich hab keins, hab ich doch schon gesagt.«
Die Zwillinge schauten sich gespielt fragend an.
»Sagen wir es ihm trotzdem?«
»Haben wir heute unsere Spendierhosen an?«
»Höhö, Geheimnissespendierhosen.«
Jori stürzte sich auf Tim, packte ihn am Kragen und zog ihn aus dem Sessel zu sich ran. »Was?«, brüllte er. »Was ist?«
Tim machte sich los, wischte sich gespielt empört das Gesicht ab und schüttelte sich wie ein Hund. »Tststs, wer wird denn gleich so brutal sein. Deine Schnecke zieht aus. Hat alles gepackt. Macht sich auf und davon.«
Jori starrte ihn an. »Glaub ich nicht. Das würde sie nicht.«
Tim zuckte mit den Schultern. »Glaub's oder nicht, wir haben es gesehen. Alles fein ordentlich zusammengestellt, Tasche, Schlafsack, Kanister.«
»Und den ganzen Plunder abgehängt.«
»Die geht. Wenn sie nicht schon weg ist.«
In Joris Kopf drehte sich alles, drehte sich, kreiste, zog sich zusammen und blieb an dem Wort Kanister hängen. Was für ein Kanister?
Die Zwillinge hatten ihren Triumph zur Genüge ausgekostet und machten sich vom Acker.
»Na ja, wenn's hier nichts zum Rauchen gibt, gehen wir wieder.«
»Mach's gut.«

Jori hörte sie gar nicht. Marie hatte keinen Kanister gehabt. Wozu auch? Oder hatte sie Wasser darin gesammelt? Hatte er ihn vielleicht übersehen? Nein. Er konnte es noch so drehen und wenden, er wusste, was in dem Ding war und wofür sie es benutzen wollte. Schließlich war es ja seine Idee gewesen.

11

Ihr war klar, warum dieses Mädchen sie so in Beschlag nahm. Von Anfang an. Natürlich berührte einen ihr Schicksal, selbst als Jugendamtstante. Aber das war es nicht nur. Das Konzept hatte sie überzeugt und die Entschlossenheit, mit der sie es durchsetzte.

Hatte sie damals nicht. Hatte sich reinfallen lassen in die Angst, dann in die Drogen und festgesteckt. Wenn sie nicht diese eine Person gefunden hätte, diese Frau mit den hochhackigen Schuhen, die sie von der Straße gekratzt und aufgenommen hatte, um dann eben zu der Person zu werden, die den richtigen Weg in das Herz der Delinquentin fand. Für viele gab es irgendwann so einen Menschen. War sie das für Marie? Immerhin hatte sie ihr vertraut, das bestimmt.

Elena saß in ihrem Hotelzimmer und schaute aufs Wasser. Die anderen feierten unten mit den norwegischen, meist männlichen Vorbildern, ihr war nicht danach zumute.

Sie wäre genau jetzt gerne bei Marie, denn da war dieses furchtbar schlechte Gefühl und Elena Schmitt am Ende der Welt. Sie sah ihre Chefin mit den ewig karierten Blusen energisch durch die Gänge laufen, alles organisieren, Durchsetzungsvermögen ausstrahlen.

»Da muss ich jetzt mal eingreifen, Elena, ich habe den Eindruck, Sie sind nicht mehr ganz objektiv. Und gerade bei diesem Fall ...!«

Sie hasste es schon, wenn Marie ein Fall genannt wurde, aber angenommen man ließe sich darauf ein, dann war es genau das, was sie nicht brauchte: ständig wechselnde Betreuer, niemanden, der wirklich die Verantwortung übernahm, kein Vertrauen.

Elena saß an dem kleinen Holztisch in dem kargen und holzigen Zimmer, Sozialpädagogikstudenten wurden jetzt nicht automatisch in Vier Sternen untergebracht, und rührte in ihrem Tee.

Tee trinkt man, um in Ruhe nachzudenken. Draußen flogen ein paar Möwen herum und hoben sich kaum ab vom herbstlich grauen Himmel.

Es würde explodieren. Sie fühlte das. Ihrer Chefin würde nur der eine Weg einfallen und den würde sie, ohne nach rechts und links zu gucken, verfolgen. »Das Mädchen bleibt nicht über den Winter in den Bäumen.« Haut retten, nennt man das.

Elena starrte in ihre Tasse, schüttelte leicht den Kopf, das ging doch so nicht, fuhr sich durch die krausen Haare, stand auf und setzte sich wieder hin. Sie hätte nicht fahren sollen. Einfach abzuhauen, nur wegen eines blöden Semesters, was bedeutete das schon gegen Maries Not. Ihr Leben vielleicht sogar. Was würde Marie von ihr denken? Die reine Enttäuschung diese Person mit den hohen Schuhen und den nicht gehaltenen Versprechen.

Wann war diese Sitzung gewesen? Elena schaute auf die Uhr, als könnte sie es da ablesen, dann sprang sie auf, zerrte ihr Handy aus der Handtasche und rief die Chefin an.

»Elena?«

»Ja, hallo Sabine.« Sie hörte es zwar nicht, aber sie wusste, dass sie seufzte.

»Elena. Was kann ich denn für Sie tun?«

»Ich rufe noch mal wegen Marie an ...«

»Ja. Das ist alles geklärt.«

»Geklärt?« Elena kratzte sich nervös mit dem Fuß am Bein.

Jetzt seufzte sie doch. »Ich bringe sie morgen in eine Einrichtung, die sind bereit, sich auf diesen besonderen Fall einzustellen.«

»Aha.«

»Sonst noch was?«

Sie setzte sich auf die Tischkante. »Was sagt Marie dazu?«

»Nichts. Sie ist einverstanden.«
Elena lachte auf. »Ihr Ernst?«
»Glauben Sie mir einfach, ich habe die Sache im Griff und werde das alles in der gebotenen Ruhe und Gelassenheit mit Marie abhandeln. Es gibt für Sie hier nichts zu tun.«
Sie nickte. Ganz sicher. »Dann wünsche ich Ihnen viel Erfolg, Sabine.« Und legte auf, um sofort die Nummer der Schwester zu wählen. Die ging nicht dran. Jetzt nicht und bei den anderen zwölf Versuchen auch nicht. Sie wusste genau warum. Wahrscheinlich saß sie gerade über die Kaufverträge gebeugt und hatte sich entschieden. Maries Schwester würde das Haus verkaufen und die Chefin sie in ein Heim bringen. Damit war Marie nicht einverstanden. Niemals.

Sie hatte ihr Gepäck im Wald gelassen, wohl versteckt im Gebüsch, und dann schweren Herzens ihre Füße auf den Boden gesetzt. Die Sonne verschwand schon hinter den Bäumen, und Dämmerlicht lag über allem. Ein Vorteil vom Herbst. Marie hatte sich die Nacht vorgenommen, aber die blöden Zwillinge waren dazwischengekommen. Sie konnte kein Risiko eingehen.
Das Haus lag im Dunkeln, weit und breit niemand zu sehen. Langsam ging sie darauf zu, den schweren Kanister fest in der Hand. Sie schenkte weder dem

merkwürdigen Gefühl auf dem Boden zu laufen Beachtung, noch dem leisen Rotgrollen, das sich in diesem Fall eher wie ein Schnurren anhörte. Freute es sich, dass das Mörderhaus brennen würde? Nein, stopp, keine Beachtung. Es war schwer genug sich diesem Gebäude zu nähern und dabei ruhig zu bleiben. Marie suchte in gebührender Entfernung die Fronten ab, prüfte die Fenster, hoffte eines zu finden, das offen stand oder zumindest gekippt war. Aber alles schien sorgfältig verschlossen.

Gut, dann eben anders. Sie nahm einen großen Stein und schleuderte ihn in ein Fenster an der Rückseite des Hauses. Es war das Fenster zum Schlafzimmer der Mutter.

Früher, in Zeiten, die so lange vergangen waren, dass sie nur blass einen Ton von sich gaben, Maries allererste Anlaufstelle. Hier konnte man reingehen, ohne zu klopfen. Auch wenn die Mutter schlief, und sie schlief bekanntlich oft. Einfach in das riesige Bett kuscheln und sich holen, was man brauchte. Einen Beschützerarm oder warme Füße, einen Nase-an-Nase-Kuss oder Löffelchen liegen.

Bis das Verhängnis kam, da war dann Schluss. Das Bett gehörte plötzlich ihm, das Schlafzimmer und die Mutter, die es, wie so vieles, einfach geschehen ließ. Er hatte ihr nur den Schlüssel gezeigt, als sie einmal tränenüberströmt hineingestürmt kam, weil irgendwas passiert war, von dem sie nicht mal mehr wusste was. Nackt wie er war, hatte er den Scheißschlüssel vom Nachttisch genommen und ihn hochgehalten. »Ich brauche doch wohl nicht abzuschließen, Marie Helene?«

Seitdem war sie immer zu Lisa ins Bett gekrochen, aber das war nicht dasselbe. Lisa war kühl und hart. Marie konnte sich gar nicht vorstellen, wie dieses Kind in ihren Bauch gekommen war.

Sie wickelte sich einen Pfostenjackenlappen um die Hand, öffnete das Fenster und stieß es weit auf. Hineinsteigen konnte sie nicht, nie mehr würde sie einen Fuß in dieses Haus setzen.

Marie ging in die Hocke, tränkte die Pfostenlappen sorgfältig mit dem Benzin aus dem Kanister und knetete sie zu Kugeln zusammen. Den Rest des Benzins schüttete sie durchs Fenster ins Haus, versuchte so weit wie möglich auszuholen, um auf jeden Fall auch das Bett zu treffen, seine Seite.

Sie trat ein paar Schritte zurück, nahm die erste Kugel in die Hand und fischte das Feuerzeug aus der Hosentasche.

Lebwohl, Mörderhaus, du wirst niemanden mehr ins Unglück stürzen, kein Rot beherbergen, einfach verschwinden und Schutt und Asche sein.

Sie zündete den Ball an und schleuderte ihn mit Wucht durch das Fenster. Das Rot heulte auf und im Haus begann es zu flackern. Nächste Kugel und noch eine. Das Rot brüllte und Marie wusste, dass es sich um sie herum zusammenballte, aber noch konnte sie nicht aufhören, erst musste es lichterloh brennen, unaufhaltsam. Sie schrie gegen das Brüllen an, warf die nächste Kugel, bis das Rot sie plötzlich von hinten packte.

»Bist du verrückt geworden, Mädchen?« Marie schrie und strampelte, versuchte sich zu befreien, aber der Griff war hart und hielt sie unerbittlich fest.

»Ja, Ahorngasse 7, bitte schnell, es brennt!«

Es war nicht das Rot. Es war der Vater von Pfosten.

Als Jori kam, war schon alles gelaufen. Er hatte Marie abhalten wollen, sie beschützen vor seiner Idee, aber er kam zu spät. Das Mörderhaus blinkte im Blaulichtgewitter von Polizei, Feuerwehr und Krankenwagen. Es rauchte noch, schien aber kaum beschädigt. Das Gelände war mit Flatterband abgesperrt, die braven Bürger der Stadt der Bäume standen davor und sondierten die Lage.

»Das musste ja so enden.«

»Die haben doch viel zu spät eingegriffen.«

»Solche Kinder kann man doch nicht sich selbst überlassen.«

»Marie ging es gut.« Einer, der nervös auf seinem Schnauzer kaute, war anderer Meinung.

Sein Vater, was auch immer er hier zu suchen hatte, diskutierte mit einem Polizisten. Es ging darum, ob es sich hier um einen Versicherungsfall handeln würde oder nicht. Jori schlüpfte unter dem Band durch. Ein Polizist hielt ihn fest, weil man das nicht durfte, sie machten ja schließlich nicht umsonst dieses Band dahin, aber Joris Vater gab ihm ein Zeichen und da ließ er ab. Er war immer der Boss, egal wo er auftrat.

»Wo ist Marie?«

Sein Vater hielt ihm als Antwort eine der Pfostenjackenlappenkugeln unter die Nase. »Kommt dir das bekannt vor? Hast du was damit zu tun, Jori?«, zischte er, damit ihn niemand hören konnte. Denn sollte sein Sohn etwas damit zu tun haben, dann war es das Beste, wenn das außer ihnen keiner wusste.

»Hab ich nicht. Wo ist Marie?«

Sein Vater deutete mit dem Kopf Richtung Krankenwagen. »Ein Wahnsinn, dass dieses Mädchen noch frei rumlaufen durfte.«

Jori rannte zu dem Wagen. Die Klappe hinten stand offen, Marie saß regungslos auf der Trage. Ihre Schultern hingen lose herunter, als wären die Arme ausgehängt, die Haare zerzaust und im Gesicht Ruß und leere Augen. Die Beine baumelten in der Luft, langsam, als würden sie ausbaumeln und sich dann nie wieder bewegen können.

»Marie? Marie!« Er kletterte zu ihr hinauf, rüttelte an ihrer Schulter, vorsichtig, wegen der lockeren Arme, nicht dass noch einer hinunterfiel, versuchte ihren Blick zu erhaschen, aber der flog von hier nach da, als würden die Pupillen zittern vor Angst. »Marie.«

Er ging vor ihr in die Hocke und zog ihr langsam die Schuhe und die gepunkteten Socken aus. Aber selbst ihre Füße zeigten keine Reaktion.

»Was hast du hier zu suchen?« Ein Sanitäter kam herein und vorne stieg ein anderer auf den Fahrersitz. »Kennst du das Mädchen? Bist du mit ihr verwandt?«

Jori stopfte die Strümpfe in seine Hosentasche.

»Was haben Sie ihr gegeben?«

»Ein Sedativum, sonst hätten wir die ja gar nicht in den Wagen gekriegt.«

Marie und Mama fischen Kaulquappen aus dem Teich hinterm Wald. Marie trägt den Eimer mit Wasser drin und Mama holt sie mit einem Netz heraus. Ihre Gummistiefel laufen voll, weil sie beim immer weiter Reingehen nicht merken, dass es tiefer wird.

»Jetzt sind es genug«, sagt Mama schließlich nach einem Blick in den Eimer und sie quatschen nach Hause.

»Jeder kriegt einen Namen, Mama.«

»Fallen dir denn so viele ein?«

»Mir fallen eine Million Namen ein. Pass auf, ich fange mit D an: Daniel, Doris, Drago, Dorothea, Dexter, Dalia, Dagobert, Dennis, Daisy, Dominik, Dina, Dieter, Dunja, Diego ...!«

»Marie!« Mama lacht. »Also erstens warum mit D, zweitens kann man sich das doch nie merken und drittens sehen die alle genau gleich aus!«

Marie bleibt stehen. Was Mama da sagt! Sie schaut in den Eimer, beobachtet die kleinen, wuseligen Tiere und weiß dann zumindest, was sie meint.

Mama geht weiter und ruft nach ihr. »Kommst du, wir haben noch viel zu tun.«

Marie versucht mit ihrem Eimer aufzuholen. »Weißt du was, Mama?«

»Nein, das weiß ich nicht.«

»Sie heißen alle Doris.«

Mama schaufelt ein Loch neben den Beeten und Marie passt auf die Quappen auf und zeigt ihnen die Welt.

»Das ist meine Welt: Hier die Schaukel, aber da kann ich euch nicht mitnehmen, sonst schwappt ihr über, hier kann man Saft trinken, aber das macht ihr ja nicht, ihr trinkt nur das Wasser, in dem ihr lebt, und hier, das ist ein Baum, fühlt sich warm an, wisst ihr überhaupt, was warm ist? Manchmal kommt da ein Eichhörnchen zu Besuch und oben in der Krone brüten die Tauben. Tauben mag keiner in meiner Welt, aber Mama und ich schon. Lisa sagt, die kacken alles voll ...!« Sie unterbricht sich selbst. »Mama?« Mama schwitzt, ihre Wangen sind rot und ihre Haare zu einem wippenden Knödel auf dem Kopf zusammengebunden. »Mama, kacken Quappen?«

»Ich glaube, alle kacken. Aber jetzt komm, du musst mir mit der Folie helfen.« Sie legen das Loch mit Folie aus und klopfen sie mit Erde fest. Dann lassen sie es mit Wasser volllaufen und trinken dabei einen ganzen Krug Saft aus. Am Ende ist es ein Teich.

»Da können wir noch Seerosen reinpflanzen und an den Rand ein paar dicke Steine legen, denn später, wenn die Dorisse Frösche sind, müssen sie sich ab und zu in die Sonne setzen und mit ihren langen klebrigen Zungen Fliegen fangen.«

Andächtig hockt Marie am Teich und kann es sich schon genau vorstellen.

Der Sanitäter zeigte mit dem Kopf Richtung Tür.
»So, und jetzt müssen wir los.«
»Wo bringen Sie sie hin?«
Der Fahrer drehte sich nach hinten um. Er hatte gerade in ein riesiges Sandwich gebissen, sodass beim Sprechen die Krümel flogen und sich der Geruch von Salami im Wagen ausbreitete.

Jori mochte Salami, aber wenn man ehrlich war, roch sie immer ein bisschen nach Scheiße.
»Landesklinik.« Er klopfte sich an den Schädel.
»Da scheint ja einiges nicht ganz richtig zu sein.«
Jori wandte sich aufgeregt an den anderen. »Das dürfen Sie nicht.«
Der nickte und zog einen ausgefüllten Zettel aus seiner Hosentasche. »Und ob.«
Jori beachtete ihn gar nicht. »Sie kann nicht in geschlossenen Räumen sein. Da flippt sie total aus,

weil ... weil das bedroht sie, da bekommt sie Todesangst.«

Der Sanitäter schaute zu Marie, dann mit hochgezogenen Augenbrauen zu Jori. »Geht doch.«

»Ja, weil sie vollgepumpt ist mit irgendwelchem Zeug. Aber das können Sie ihr ja nicht für immer geben, also, das ist ja dann fast wie Mord, das ist ja nicht mehr Marie da.«

Plötzlich wandte sie den Kopf und schaute ihn leer an. Sofort nahm er ihre Hände. »Marie, sag ihnen, dass das nicht geht. Sag es ihnen.« Sie lächelte ein bisschen und verschwand wieder.

Der Sani legte Jori eine Hand auf die Schulter und klopfte dreimal zum Trost. »Nun komm, lass uns mal fahren, Junge.«

»Sie wird sich das nicht gefallen lassen.«

»Sie wird.«

Jori beugte sich zu Marie und flüsterte ihr ins Ohr, dass sie keine Angst haben sollte, weil er sie rausholen würde, sie musste nur ein bisschen aushalten, bis er einen Plan gemacht hatte ...!

Dann wurde er endgültig aus dem Wagen befördert, die Türen fielen zu und sie fuhren mit stillem Blaulicht los. Jori stand nur da, Maries Schuhe in der Hand und schaute ihnen nach.

»Was ist los? Was ist passiert?« Die Frau vom Jugendamt kam angelaufen, natürlich zu spät und Jori ließ sie einfach stehen. Er fühlte sich wie in einem

Tunnel, alles um ihn herum war dunkel und sein Blick kannte nur einen geraden Weg, den er jetzt gehen musste, ein Ziel. Marie in den Bäumen.

Sein Vater hielt ihn am Arm fest. »Warte, Jori, wir fahren gleich. Muss nur noch ein Wörtchen mit der Jugendamtstante wechseln.«

Jori schaute ihn an, nahm ihn kurz mit hinein in seinen Tunnel und alles, was er fühlte, war Verachtung. »Du hast sie gerufen. Wegen dir muss sie jetzt da hin. Das verzeihe ich dir nie!«

»Hey Bürschchen, höchste Zeit, dass die von der Straße kommt. Jori, jetzt warte doch mal!«

Er ließ ihn stehen, bückte sich unter dem Flatterband durch und ging weiter, bis sich ihm plötzlich die dicke Frau in den Weg stellte, die nichts von Männern hielt, aber mit Marie befreundet war.

»He, was machst du mit meinen Socken?« Jori verstand nicht, da zog sie ihm Maries Pünktchensocken aus der Hosentasche. »Wo hast du die her? Na los, raus mit der Sprache?«

»Ich hab nur Maries Füße befreit. Und das mache ich als Nächstes auch mit ihr.«

Die Dicke schaute ihn aus misstrauischen Augen an und überlegte, ob sie ihm das glauben sollte oder nicht.

»Da kriegste keinen raus, da nicht. Kannst du mir glauben, ich hab da gearbeitet, viele Jahre. Gescheiterte Ausbrüche aus der geschlossenen Anstalt, ha,

da reichen keine zwei Hände, ach was, keine zwanzig.«
»Sie haben da gearbeitet?«
»Na, aber so was von!« Sie streckte ihm die Hand hin. »Lilli. Die zarte Lilli von Station 4.« Ihr Grinsen legte die ein oder andere Zahnlücke frei. »Expertin fürs Geschlossene. Kannst Du sagen, Pfosten.« Marie hatte ihr wohl von ihm erzählt. Jori lächelte leicht. »Schlappe.«
»Schlappe?«
»So nennt Marie dich.«
Schlappe grinste.
»Ich bin Jori! Experte für ...«, da fiel ihm nichts ein.
Lilli grinste ihn an. »Experte für Marie, schätz ich mal.«

Marie läuft jeden Tag um den Teich und versucht die Kaulquappen zu zählen. Sind sie noch alle da? Es ist gar nicht so leicht, weil sie nie still stehen bleiben, wild durcheinanderwuseln und, wie Mama es gewusst hat, alle gleich aussehen.

Lisa findet sie eklig. Obwohl ihnen jetzt schon kleine Beine mit noch kleineren Füßen wachsen.

»Warte mal ab, Marie. Wenn die Frösche sind, dann hüpfen sie alle los zurück zu ihrem Heimatteich.«

Marie ist sicher, dass Lisa sie nur ärgern will. Sie ist bestimmt traurig, weil sie keine Halbfrösche hat. Aber sie will auch keine geschenkt und zum Sammeln ist sie auch nicht mitgegangen. Aber jetzt hat Marie Angst, dass die Dorisse einfach gehen könnten und dann nicht für immer ihre Frösche sein würden ... *so kommt es auch ... so kommt es ... ein paar bleiben doch ... Frösche sind laut in der Nacht ... so kommt es nicht ...*

Der Krankenwagen fuhr durch das große, schmiedeeiserne Tor, das sich automatisch öffnete, wenn man im Besitz der richtigen Karte war. Nicht viel anders als im Gefängnis.

Es schloss sich hinter Marie und bildete ein Muster aus lieblichen Blumen und Blättern, die sich ineinanderwanden. Und Dornröschen schlief hundert Jahre lang.

12

An diesem Tag schien die Sonne. Morgens hatte der Reif auf den Wiesen geglitzert und noch nach Mittag war es so kalt, dass der Atem zu Dampf wurde. Die Zobel trug dicke Moonboots zu ihrem Kostüm, pfiff leise vor sich hin und war eine Stunde vor den anderen da, um alles gut vorzubereiten. Fenster und Türen standen offen, den großen Tisch, der normalerweise in der Küchennische stand, hatte sie in die Mitte des Raumes geschoben und über die Flecken an der Wand Pläne vom Grundstück und vom Haus gehängt. Es gab Plätzchen, unterschiedliche Sorten für nur 3 Euro 49, und Kugelschreiber mit der Adresse von Zobels Maklerfirma darauf. Außerdem natürlich verschiedene Getränke und Gläser dazu, Unterschreibegläser, schleppten sie im Karton von Termin zu Termin. Sie schob die Stühle zurecht und nahm die Kissen runter. Es war sowieso schon unangenehm, die Möbel der Leute zu benutzen, die vorher hier gewohnt und ein so unglückliches Ende gefunden hatten. Das Mörderhaus kam unter Dach und Fach. Endlich.

Als sie ein Auto nahen hörte, tauschte sie eilig die Moonboots gegen ihre Stöckelschuhe und knickte dabei so ungünstig und schmerzhaft um, dass sie Sterne sah und die Kochs nur mit sehr verkrampftem Lächeln und hinkend empfangen konnte. Sie erklärte es ihnen, »bestimmt ein gutes Zeichen«, und breitete einladend die Arme aus. »Nur herein in die gute Stube. Ihr neues Zuhause.«

Frau Koch lief vorneweg, schlicht schick, eine Frau, die stets elegant aussah, auch mit Moonboots, wenn sie welche hätte.

»Also, ich bin jedes Mal wieder aufgeregt. Es ist doch immer ein kleiner Neuanfang, oder Olli?« Sie wedelte mit dem sorgfältig lackierten Finger Richtung Zobels Knöchel. »Da müssen sie sich einen Essigwickel machen, das kommt von den hohen Schuhen, glauben Sie mir, ich kenne das.«

Herr Koch ging wortlos mit seiner Laptoptasche an den beiden vorbei, setzte sich an den Tisch, steckte sich wie selbstverständlich einen Keks in den Mund, klappte das Gerät auf und tippte sein Passwort ein. Er war bereit.

Die Zobel rieb sich die Hände, zeigte auf einen Stuhl für Frau Koch und schloss, so eilig es ging, alle Fenster und Türen.

»Setzen Sie sich, ich hab nur ein bisschen gelüftet, aber ich dreh gleich die Heizung auf, kann ja ein bisschen dauern.«

»Von uns aus nicht. Wir sind vorbereitet«, brummelte Herr Koch und die Maklerin biss sich auf die Zunge. Warum musste der einem immer das Gefühl geben, irgendwie minderwertig zu sein? Und wie konnte seine Frau das ertragen? Immer so klein zu sein. Augen zu und durch, nach dem heutigen Tag würde sie nichts mehr mit ihm zu tun haben, dafür sein Geld in ihrer Tasche. Da konnte er noch so überheblich sein. Gerade schaute er auf die Uhr, während Frau Koch sich nicht gesetzt hatte, sondern umherlief und dies und das inspizierte, um ihrem Mann die Ergebnisse auch sofort mitzuteilen.

»Das ist schon alles ziemlich marode, oder Olli? Dieser Küchenblock und der Holzboden, ich meine, soll ja schick sein, aber so? Da haben die wohl nie was gemacht dran.« Sie fuhr mit ihrem Finger über die Küchenzeile und die Zobel war froh, dass sie vorher den gröbsten Staub beseitigt hatte. »Da hinten raus hattest du die Vollverglasung geplant, oder Olli?« Sie lief durch das Schlafzimmer über den angekokelten Boden und schaute aus dem Fenster. »Also der Blick auf die Bäume ist herrlich!«

»Haben Sie etwas von Frau Körner gehört? Sieben nach!«

Frau Zobel schaute auf ihr Handy, schüttelte

den Kopf, öffnete die Haustür und kontrollierte die Straße links und rechts. Von Lisa nichts zu sehen.

Obwohl die es eigentlich kaum erwarten konnte und mal wieder viel zu schnell fuhr. Nach dem Desaster mit Marie war ihr die Entscheidung plötzlich ganz leichtgefallen. Solange dieses Haus zu ihnen gehörte, würde es kein Ende nehmen und Marie keine Ruhe geben. Natürlich war es auch ein Weg, es einfach niederzubrennen, aber halt ein typischer Marieweg. Man wurde erwischt und landete in der Klapse, und wäre es gelungen, hätte es nur noch Geld für das Grundstück gegeben. Und das war auf einmal doch wichtig geworden.

Paul war nicht zurückgekommen und hatte sich auch nicht mehr gemeldet. Er wartete darauf, dass sie ihn anrief, um ihm alles zu erzählen, die Geheimnisse zwischen ihnen aus dem Weg zu räumen. Zweimal war sie kurz davor gewesen. Er fehlte ihr so sehr. Und was machte es schon: Er war nicht da und er würde auch nicht mehr da sein, wenn sie es ihm erzählte. Im Prinzip war doch alles einfach kaputt. Als er dranging mit so etwas wie Hoffnung in der Stimme, legte sie auf. Er sollte sie so in Erinnerung behalten, wie er sie gesehen hatte, und vor allem sein Kind so rein und unbeleckt betrachten, wie es beide verdient hatten.

Sie würde jetzt das Haus verkaufen und etwas für

Mama und Marie zur Seite legen. Wenn sie wieder rauskamen. Dann konnten sie neu anfangen oder ihr komisches Ding machen, wie sie wollten, ihre Entscheidung, Lisa wäre dann endgültig raus.

Oder ist man nie raus? Hängt das immer an einem dran?

Gerade als sie diesen Gedanken wegwischen wollte, sah sie den Jungen komplett in Schwarz am Straßenrand heftig winken.

Auf keinen Fall. Sie nahm doch keine Anhalter mit! Was man da hörte! Aber er sprang auf die Straße und stellte sich ihr in den Weg. Mit quietschenden Reifen konnte Lisa gerade noch bremsen, driftete von der Fahrbahn ab und kam vor der Böschung zum Stehen. War der verrückt geworden?

Sie sprang aus dem Auto. »Bist du verrückt geworden?«

Er kam auf sie zu und streckte ihr die Hand entgegen. »Tut mir leid. Jori. Ich bin ein Freund von Marie.«

Natürlich. Was sonst? Wer sonst?

Lisa drehte sich um und ging zum Auto zurück. »Ich hab einen dringenden Termin.«

»Ich weiß, deswegen muss ich dich sprechen.«

Sie schaute auf die Uhr. »Keine Zeit.«

»Bitte. Kurz.«

Lisa schnaubte und lehnte sich mit verschränkten Armen gegen ihr Auto. Also, was ist?

»Es wird nichts helfen, wenn du das Haus verkaufst. Es wird Marie nicht helfen, im Gegenteil.«
»Ich denke, es ist der einzige Weg, ihr zu helfen.«
Jori schüttelte den Kopf. »Sie wird von etwas bedroht, das aus ihr herauskommt und mit dem Mord und dem Haus und ihrer Wut zu tun hat.«
Lisa nickte finster. »Deswegen ist sie ja jetzt in der Klinik und wird fachgerecht behandelt.«
»Hast du sie besucht?«
»Ich habe mit der Ärztin telefoniert. Ich weiß, was sie hat, wie es ihr geht und kenne die Behandlungsansätze.«
»Sie ist ruhiggestellt.«
»Weil sie, sobald sie aufwacht, einen riesigen Zinnober macht.«
»Weil sie dann die Bedrohung spürt. Es ist lebensbedrohlich für sie. Nicht umsonst ist sie in die Bäume gezogen. Da war es auch, aber sie konnte ihm besser ausweichen. Bis meine Eltern sich eingebildet haben, dieses Haus zu kaufen.«
Lisa verstand. »Du bist der Sohn von den Kochs. Der nicht da einziehen will, hab ich gehört.«
»Damit hat es nichts mehr zu tun.«
»Womit denn?«
Jori senkte den Blick und malte mit dem Fuß Halbkreise in den Straßenstaub. »ICH habe Marie besucht. Also nur durch das Sichtfenster. Ich hab sie gesehen, wie sie da liegt, fixiert. Und ich habe sie ge-

sehen, wie sie über die Bäume fliegt.« Seine Stimme wurde leiser. »Ich habe sie gesehen, wenn sie glücklich ist. Mir geht es nur um Marie.«

Lisa musste schlucken. Sie fühlte sehr wohl die Ernsthaftigkeit in seinen Worten, und war verwundert, dass es jemanden gab, dessen Herz Marie derart hatte berühren können. Es versetzte ihr einen Stich durch die Mauer, die sie sich so sorgsam aufgebaut und mit ewig haltbarem Mörtel verklebt hatte. Plötzlich erinnerte sie sich, wie Marie immer in ihr Bett gekrochen war, als sie es bei Mama nicht mehr durfte. Wie warm und weich ihre kleine Schwester sich an sie gekuschelt und wie gut sich das angefühlt hatte. Es waren die Nächte, in denen Lisa viel besser schlafen konnte.

Sie fuhr sich durch die Haare und schüttelte die Erinnerung ab. »Es ändert nichts, ob ich das Haus verkaufe oder nicht. Dieses sogenannte Es wird sie weiter bedrohen. Und nicht euch.«

»Das Haus ändert alles. Und Marie muss aus der Anstalt raus, es muss eine andere Lösung gefunden werden. Du bist doch ihre Schwester!«

Lisa schaute auf die Uhr. »Ich sollte jetzt los. Bin schon zu spät.«

Jori nahm ihren Arm und hielt sie fest. »Bitte. Denk noch mal drüber nach. Wir können Marie helfen. Wenn wir es nicht tun, wird sie auf Dauer in sich und in diesem Haus gefangen sein. Verkauf es nicht.«

Lisa schüttelte ihn ab, stieg in ihr Auto und wandte sich noch mal um. »Immer ging es nur um Marie. Jetzt ist sie krank, das tut mir leid, aber sie wird es bleiben, egal was mit dem Haus passiert. Meinst du, es wäre ihr besser gegangen, wenn ihr Brandanschlag geklappt hätte? Immer geht es nur um Marie und ändern tut sich dabei nichts.« Sie schlug die Autotür zu und fuhr davon.

Im Rückspiegel sah sie den schwarzen Jungen auf der Straße stehen und ihr nachschauen.

Marie erwachte nicht aus ihrem Dämmerzustand, weil Taube außen am Fenster saß und ihr Mut zugurrte. Sie tauchte auf, weil die Wirkung des Mittels nachließ. Aber sie freute sich über den Besuch.

Langsam und mühevoll setzte sie sich auf. Keinen Meter würde sie im Moment über Bäume laufen können.

»Hey!«, flüsterte sie mit rauer Stimme und winkte Taube schwach zu.

Die lief aufgeregt hin und her und pickte mit dem Schnabel an die Scheibe.

Marie kämpfte sich aus dem Bett und ging zum Fenster, um sie reinzulassen. Aber es hatte keinen Griff. Natürlich nicht. Sie drückte ihre Nase an die Scheibe. »Tut mir leid, Taube, die Dinge haben sich geändert.« Draußen standen die Bäume in diesem merkwürdigen Licht, das Schnee ankündigt.

Das Rot fing leise an zu grollen. Es ging wieder los. Marie hatte es nicht unter Kontrolle. Sie befand sich nicht nur in einem geschlossenen, sondern in einem nach allen Seiten verriegelten Raum. Sie berührte den Boden. Sie konnte nicht ausweichen. Leise klopfte sie einen Taubengruß an die Scheibe. Es war zu kalt und zu schmerzhaft hier zu stehen, und sie flüchtete zurück ins Bett, vergrub ihre Füße in die Decke und dann die ganze Marie. Decke über den Kopf. Sie musste die Zeit nutzen, dieses kleine Fenster, in dem das Rot erst wütend wurde, in dem sie es noch aushalten und denken konnte.

Ihre Situation war von größtmöglicher Aussichtslosigkeit. So würde es jetzt immer weitergehen. Wie konnte sie ihnen begreiflich machen, dass dieser Weg kein Ziel hatte? Sie hörten nicht auf sie, hatten ihre eigenen Theorien, denn es war ja ihr Beruf, verrückte Menschen wieder geradezurücken. Da waren die Kranken nun wirklich die Letzten, die da mitreden durften. Pfosten hatte gesagt, er würde sie rausholen. Er wird es vielleicht versuchen. Er muss es versuchen.

Die Ärztin hieß Winter und das passte dazu, was draußen und drinnen geschah. Marie nannte sie die Kalte, obwohl sie sich redlich mühte und ihr oft die Hand auf den Arm legte, um sie zu beruhigen. Einmal hatte sie versucht, mit Marie zu sprechen, etwas aus ihr herauszubekommen. Aber das Rot hatte so laut gebrüllt, dass Marie mit ihrer Stimme nicht drüber kam. Und wenn? Was sollte sie sagen? Die wussten doch alles. Alles, was passiert war, und alles, was dann passiert war, und wahrscheinlich auch alles, was noch passieren würde.

»Wir müssen deine Anfälle in den Griff bekommen.«

Das war es, was sie gerade versuchten. Marie zog ihre Beine an, weil sie so komisch wackelten, ohne dass sie es wollte. Und ja, Marie hatte keine »Anfälle« mehr, wenn sie mit Medikamenten vollgepumpt im Niemandsland herumtrieb, ohne Träume oder Gedanken, ohne Gehör für das Rot. Nicht auszudenken, was es anrichten konnte, während sie weg war.

Die Bettdecke wurde angehoben und die Kalte mit ihrer kleinen Brille schaute zu ihr hinein. »Hallo Marie.«

Das Grollen wurde lauter, schlängelte sich wie roter Nebel durch alle Ritzen. Marie versuchte, sich nichts anmerken zu lassen. »Wie geht es dir heute?« Sie zuckte mit den Schultern. »Fühlst du dich ruhig?« Maries Beine wackelten wie als Antwort noch stärker. Sie konnte es nicht verbergen.

Die Kalte ließ die Bettdecke wieder fallen und Marie hörte sie dumpf mit dem Pfleger sprechen. Dosis erhöhen, aber etwas anderes überlegen, Traumaexperten heranziehen, aufpassen, dass sie sich nicht selbst verletzte. Als ob!

Marie fielen ihre blutigen Hände ein und Heimatbaum, dem sie hart zugesetzt hatte. Es war ja richtig, nur dass nicht sie die Gefahr war. Das Rot bedrohte sie, bedrohte sie alle. Wenn es erst mal richtig wütend war, würde es niemanden verschonen.

Und Marie hatte es nicht einmal geschafft, das Haus rechtzeitig zu vernichten, Rots Entstehungs- und Rückzugsort, Rots Geheimquartier. Hier lauerte es. Hier würde es sie alle ins Unglück reißen. Es brüllte wie zur Bestätigung. Marie hielt sich die Ohren unter ihrer Decke zu, obwohl sie längst wusste, dass das nichts half. Hielt sich die Ohren zu und schrie.

Lisa saß im Haus ihrer Mutter am Tisch ihrer Kindheit auf Maries Stuhl. Zufall, die konnten das ja nicht wissen, dass Marie immer nur den haben wollte, dessen einer Fuß kürzer war, mit dem sie kippeln und alle mit dem regelmäßigen Klopfen wahnsinnig machte. Pock, pock, pock.

Sie versuchte still zu sitzen, lauschte auf der einen Seite den Reden der Maklerin Zobel, auf der anderen dann aber auch wieder nicht. Dieser Jori schwirrte in ihrem Kopf herum, seine Worte bedrückten sie und hatten es auf magische Weise geschafft, ihr Herz zu erreichen.

»... da kommt dann noch die Mehrwertsteuer und wir müssen alles bei einem Notar amtlich machen, aber das wissen Sie ja sicher schon, Frau Körner, das sind die normalen Kosten, die mit so einem Verkauf ...«, sie wandte sich an die Kochs, »... oder Kauf zusammenhängen.«

Lisa trank einen Schluck Wasser und versuchte es geräuschlos in sich fließen zu lassen, aber wie immer, wenn man das versuchte, war es viel zu laut oder zumindest kam es einem selber so vor. Sie lächelte die Kochs dünn an, die Frau strahlte zurück, der Mann verzog keine Miene.

Der hatte also so einen Jungen großgezogen? Einen Jungen, dem das Herz überlief und der das auch zeigen konnte? Kaum vorstellbar. Lisa hatte Respekt vor Jori, auch wenn sie das eigentlich nicht zugeben wollte.

Vielleicht war es auch das wachsende Baby in ihr, das alles so aufweichte und in ein anderes Licht rückte. Denn dieser werdende Mensch sollte auch Gefühle haben, kämpfen dürfen und wollen, so wie Jori. Und eben nicht wie seine Mutter, wie sie.

»Gibt es also noch irgendwelche Fragen? Herr und Frau Koch? Frau Körner?«

»Nein, nein, für uns ist das alles klar. Wir haben ja schon oft genug ein Haus gekauft. Oder, Olli?« Der nickte nur und zog den Kaufvertrag zu sich. Die Klammer, die die unendlich vielen Seiten zusammenhielt, schabte lautstark über den Tisch, das Klicken der Kulimine, die er jetzt schwungvoll aus dem

Stift drückte, knallte in Lisas Ohren, durch das Kratzen der Mine auf dem Papier stellten sich ihre Armhaare auf.

Die Zobel lächelte sie an. »Frau Körner?«

Sie legte ihr den einseitig unterschriebenen Vertrag vor und gab ihr einen Kugelschreiber, als wäre sie nicht ganz zurechnungsfähig. Sah man ihr an, wie schwer ihr das auf einmal fiel? Die Maklerin zog zwei Piccolofläschchen aus ihrer großen Handtasche und strahlte erwartungsvoll in die Runde. Lisa starrte auf das Papier, auf die leere Stelle, wo *Verkäufer/in* stand.

Sie holte tief Luft. »Könnten Sie mich einen Moment alleine lassen. Das ist nicht ganz so einfach für …«

»Selbstverständlich, Frau Körner, das verstehen wir doch!« Die Zobel nickte den Kochs zu, alle standen auf und natürlich sah Lisa die Ungeduld im Gesicht des Patrons. Weiber! Was soll denn daran schwierig sein? Und hatte sie nicht genug Zeit zum Überlegen gehabt? »Wir können ja solange noch mal den Garten inspizieren.«

Als sie draußen waren, legte Lisa den Stift hin und begann zu kippeln. Pock, pock, pock.

Da waren Maries Frösche.

Überall hüpfen sie herum, auf der Suche nach was auch immer, und Marie rennt hierhin und dahin mit ihren dünnen Beinen und ohne Schuhe, um sie wieder einzufangen. Lisa sitzt am Tisch und macht Hausaufgaben. Sie hat die Füße hochgezogen und ist nur froh, dass Frösche nicht klettern können oder diese zumindest nicht.

»Was hältst du davon, wenn du einfach die Tür zumachst, dann können Sie nicht hier rein.«

Marie bleibt stehen, auf jeder Handfläche einen Frosch und schaut sie an. »Die Idee ist gar nicht so schlecht. Andererseits gehen sie dann woanders hin und ich weiß nicht wo.«

Lisa haut mit der flachen Hand auf den Tisch.

»Mann, die sind voll eklig deine Scheißfrösche, ich kann mich nicht konzentrieren. Morgen schreib ich Mathe und da geht's nicht um schleimige Frösche.«

Marie geht mit ausgestreckter Hand auf sie zu und hält ihr den Frosch unter die Nase. »Die sind gar nicht schleimig.«

Damals war Lisa sicher gewesen, dass Marie das mit Absicht machte und sich daran freute, dass sie sich ekelte. Heute glaubte sie das nicht mehr. Marie dachte so nicht. Sie hatte ihr einfach nur zeigen wollen, dass sie nicht recht hatte, dass sie sich gar nicht so ekeln musste. Lisa schloss die Augen.

Konnte es sein, dass sie unmöglich war? Vollkommen falsch gewickelt, vielleicht auch spießig und engstirnig, gefangen in irgendwelchen Vorstellungen und Zwängen? Pock, pock, pock.

Da stand Mama hinter dem Küchenblock.

Rote Wangen, das strahlende Lachen, die Haare wild und lockig um den Kopf herum, beim Zwiebelnschneiden. Sie will was kochen, weil sie jemanden zum Essen eingeladen hat. Einen Mann. Einen sehr netten Mann, wie sie sagt. Die Tränen laufen ihr aus den Augen wegen der Zwiebeln und Lisa denkt, wie komisch das aussieht, wenn jemand lacht und weint.

Erstaunlicherweise schmeckt das Essen hervorragend, obwohl Mama nie kocht. »Nur weil man etwas kann, muss man es ja nicht tun!« Der sehr nette Mann stellt sich als Herrmann vor, ist höflich und aufmerksam und kennt sich mit allem irgendwie aus. Er spricht mit Lisa über ihr Bioprojekt, kann Wissen und Hilfe anbieten, erzählt einen Witz, der wirklich lustig ist, und tanzt mit Mama zu Lisas damaligem Lieblingslied. Nur Marie lässt ihn nicht zu.

Damals dachte Lisa, klar, die ist eifersüchtig, weil der ihre Mama in Beschlag nimmt. Heute dachte sie, Marie hatte es vielleicht schon gespürt. Das, was eigentlich hinter ihm steckte und was er erst sehr viel später auspackte. Marie konnte durch Geschenkpapier durchgucken. Pock, pock, pock.

Da war Lisa allein im Haus.

Vor ihr der Kaufvertrag, in ihrer Hand der Stift, draußen die Leute. Sie ächzte und setzte den Kuli an. Warum schrieb er bei ihr nicht blau, wie beim

Koch? Warum rot? Was war das? Blut? Sie konnte doch nicht mit Blut unterschreiben! Wurde sie jetzt auch noch verrückt?

Sie legte die Stirn auf den Tisch und versuchte ruhig ein- und auszuatmen, aber sie bekam keine Luft, war wie zugeschnürt.

Sie konnte das nicht, plötzlich kam ihr alles ganz falsch vor, so wie vielleicht alles immer falsch gewesen war, was sie gedacht und getan hatte.

»Frau Körner, alles in Ordnung?« Die Zobel stand besorgt in der Tür. Nicht, dass ihr hier noch der Abschluss in Gefahr geriet.

»Ja, ja, einen Moment noch.«

Lisa wartete, bis die Maklerin wieder verschwunden war, dann holte sie ihr Handy aus der Tasche und wählte Pauls Nummer.

»Lisa! Legst du jetzt gleich wieder auf?« Sie stützte den Kopf auf und seufzte. »Wo bist du?«

»Im Haus meiner Mutter.«

»Geht's dir gut?«

»Nein … nein, eher nicht.«

Paul sagte nichts mehr. Er wartete, denn Lisa hatte ja ihn angerufen.

»Ich soll das Haus verkaufen.«

»Von deiner Mutter?«

Lisa nickte. »Und ich kann es nicht.« Paul schwieg. »Mama hat hier vor zwei Jahren meinen Stiefvater erstochen und ist im Gefängnis. Meine Schwester ist

seitdem verrückt und gerade in der Psychiatrie. Eigentlich hat sie in den Bäumen gelebt und da ging es ihr ganz gut. Jetzt geht es ihr schlecht, weil ich das Haus verkaufe und ihr Freund sagt, ich soll das nicht.«
»Lisa?«
»Hm?«
»Was ist los?«
»Wie meinst du das?«
»Was erzählst du mir da?«
Lisa lehnte sich auf dem Stuhl zurück, pock, pock. Er hatte ja recht. Das klang wie aus einem schlechten Film.
»Die Wahrheit.«
Pock.

Jori saß in der Mulde von Heimatbaum. Unter Aufbietung all seiner Kräfte, und es hatte sicher nicht elegant ausgesehen, hatte er es nach oben geschafft. Tatsächlich gab es hier nichts mehr von der Gemütlichkeit, die er in der einen Nacht hatte kennenlernen dürfen. Es war ein Baum mit einer Mulde und ohne Marie. Dennoch konnte er sehr genau fühlen, dass hier ein Zuhause war. Er versuchte klare Gedanken zu fassen, doch sie flatterten immer wieder davon und wenn sie eine Zeit lang in seinem Kopf verharrten, dann nur um ihm klarzumachen, dass er nichts erreicht hatte. Bei seinen Eltern eh nicht, klar, die waren entschlossen und hörten keine Worte oder Argumente, kein Flehen und schon gar keine Gefühle von anderen. Und Maries Schwester war ja nun eindeutig ein ähnliches Kaliber. Da konnte er noch so oft mit gesenktem Kopf und gespitzten Hörnern gegen die Mauer laufen. Wahrscheinlich war der Kaufvertrag längst unterschrieben, alles unter Dach und Fach.

Übrig blieben er und Marie, beide hatten sie auf ganzer Linie verloren.

»Na, träumste von deiner Marie?« Schlappe stand unten am Baum. »Normalerweise teile ich meinen Kuchen nicht mit Männern, aber für traurige könnte ich eventuell eine Ausnahme machen.« Sie setzte sich ächzend unten hin, packte einen winzig kleinen Kuchen aus und brach ihn in zwei Hälften. »Willste?«

Jori konnte sich nicht daran erinnern, wann er das letzte Mal was gegessen hatte. Also nahm er das Angebot an und sie kauten beide schweigend, er oben, sie unten.

»Haste schon einen Plan?«

Jori schüttelte den Kopf.

»Okay, dann hast du dich ergeben?«

Jori schüttelte den Kopf.

»Du holst sie da raus ohne Plan?«

»Mann, hör auf, ich weiß doch nicht, was ich machen soll. Klar könnte ich jetzt auf Teufel komm raus da hin, so Mission Impossible, als Pfleger verkleidet den Finger von einem abschneiden und mit dem Abdruck den geschlossenen Bereich öffnen ...«

»Also, soweit ich weiß, läuft das da immer noch mit Karten.«

»... dann auf allen vieren an der Glashütte von der Wachschwester vorbei und trotzdem megalaut die Tür von Maries Zelle eintreten, weil da weder ein Fingerabdruck, noch eine Karte hilft. Jetzt muss alles ganz schnell gehen, die Wachschwester hat auf den riesigen roten Alarmknopf gedrückt, bevor sie vor Schreck ohnmächtig geworden ist, und ich rase mit Marie auf ihrem Rollbett die Gänge entlang, alle verfolgen mich, da kommt sogar ein Wachtrupp von vorne, ich kann mich gerade noch in der Besenkammer verstecken, muss aber Marie den Mund zuhalten, weil sie aufgewacht ist und nicht weiß, wie ihr geschieht, ja und dann schaffe ich es nach draußen, obwohl überall Kameras hängen, der Klinikbereich weiträumig abgesperrt ist und draußen sämtliche Polizei- und Feuerwehrautos der Region stehen. Aber ha, sie haben vergessen den hinteren Bereich durch den Garten zu sichern ...!«

»So ein Schwachsinn.« Schlappe schaute zu ihm hoch und riss plötzlich die Augen auf. »Nicht bewegen!«

Jori erstarrte, Schlappe stand langsam auf, fischte ein paar Nüsse aus ihrer Tasche und reichte sie ihm hoch.

Er kannte die Eichhornregeln. Er bewegte sich langsam und drehte sich nicht um, tat so, als würde er es nicht beachten.

»Du hast Maries Tasche!«, sagte er ruhig.

»Ich hab ihr Zeug aus dem Wald geholt, wo sie es versteckt hat. Sie hat nichts dagegen, wenn ich darauf aufpasse.«

Jori legte die Nüsse einen Ast höher in ein Baumauge und drehte sich wieder weg. »Ihr seid wohl Freundinnen gewesen.«

»Gewesen?« Lilli kreuzte ihre dicken Finger. »So sind wir, so! Da passt kein Blatt Papier dazwischen, das sag ich dir ... Mist.« Sie hatte zu laut gesprochen, sich zu sehr aufgeregt. Eichhorn hatte die Flucht ergriffen und war ein paar Äste höher in Deckung gegangen. »Marie war besorgt, weil er sich so lange nicht hat blicken lassen. Jetzt kommt er ausgerechnet, wenn du da sitzt.«

Jori kreuzte die Finger und wedelte damit nach unten.

Sie schwiegen ein bisschen, bewegten sich nicht und ließen Eichhorn die Zeit, sich die Nüsse zu schnappen und mit seiner Beute zu verduften.

Dann stand Schlappe auf, drehte die Elefantenkopfschnallen zu, schulterte die Tasche und winkte Jori. »Na, dann sehen wir uns ja wahrscheinlich jetzt öfter hier.«

Sie drehte sich um und schlappte davon.

»Hey, und was ist mit Marie?«
»Die hole ich dir heute Nacht raus. Treffpunkt Tankstelle nach Sonnenuntergang, du bringst das Fahrzeug und ich den Rest.«

Lisa klopfte leise, bekam aber wie erwartet keine Antwort. Die Ärztin hatte es ihr gesagt, Marie war nach einem sehr schweren Anfall sehr ruhiggestellt worden. Sie wollte sie trotzdem sehen und nicht einfach hineinplatzen in ihre Blase. Diese Wehrlosigkeit widerstrebte ihr bis tief ins Innere. Marie konnte nicht sagen, wer reinkommen durfte und wer nicht. Sie hatte keinerlei Kontrolle über das Handeln der anderen, was sie selbst betraf. Lisa zum Beispiel hätte sie den Besuch mit Sicherheit verweigert.

Vorsichtig öffnete sie die schwere Tür, die Frau Dr. Winter nicht gerade gerne mit ihrer Karte entriegelt hatte, und betrat das kahle Zimmer. Ihre kleine Schwester lag auf einem einfachen Bett, alles so weiß, dass es schon fast blendete und Lisa die Augen ein wenig zukneifen musste, um sich zu schützen.

Leise schob sie sich einen Stuhl zu Marie, setzte sich und schaute sie an. Ein stillgelegtes Vögelchen. Hätte genauso gut tot sein können. Aber die Decke bewegte sich auf und ab, wenn man genau hinschaute. Vorsichtig öffnete Lisa die Fixierung an Maries Händen und legte sie zusammen auf die Decke. Da sah es dann aber tatsächlich nach toter Marie aus,

die Hände zum Gebet gefaltet, und Lisa änderte das noch mal, um es ertragen zu können.
»Hey Marie«, flüsterte sie. Keine Regung. »Ich hab das Haus nicht verkauft.« Sie schaute aus dem Fenster und lachte leise auf. »Die Gesichter hättest du sehen sollen. Hab's verschoben, brauche noch Zeit, hab ich gesagt. Stimmt ja auch. Der Vater von deinem Freund ist richtig fuchsig geworden. Dass er nicht weiß, ob er das Haus noch will, wenn Madam sich dann entscheidet und so. Und die Mutter hat gejammert wegen der Pension, Goldener Schwan, weißt du, hinten am Markt, also, so schlimm ist es da jetzt auch nicht. Wusstest du, dass Marina den übernommen hat? Na ja, egal, die Maklerin hat mich zur Seite genommen, die hatte echt Schiss, dass ihr da ein Geschäft durch die Lappen geht, kann ja auch sein. So geht das nicht, alle einbestellen und dann kneifen, man hat ja auch noch andere Termine und überhaupt ist sie nicht sicher, ob es da jemals noch andere Interessenten geben wird, immerhin hat das Haus eine Geschichte, die muss man mitverkaufen.« Lisa schaute Marie an und merkte, dass es ihr in diesem Moment ganz recht war, dass sie keine Reaktion zeigte. Jetzt konnte sie ihr alles erzählen, ohne wütend unterbrochen zu werden. »Ich möchte warten, bis du wach bist. Bis du reden kannst, mit mir entscheiden ... hm, auch wenn das erst in tausend Jahren so wäre. Aber weißt du, Marie, ich habe plötzlich das Gefühl, das

Meiste, was ich entschieden habe, falsch entschieden zu haben. Da ich das anscheinend überhaupt nicht beurteilen kann, mache ich jetzt einfach immer das Gegenteil von dem, was ich eigentlich entscheiden würde. Zum Beispiel Paul, ach, den kennst du noch gar nicht, er ist der Vater von dem Kind in meinem Bauch, den hab ich die ganze Zeit belogen. Weil ich mich geschämt habe. Weil ich dachte, er würde mich nicht mehr lieben, wenn er wüsste. Dabei liebt er mich so oder so.

Wie dein Jori. Der legt sich ganz schön ins Zeug für dich. Auf den musst du aufpassen, ich glaube, es ist gar nicht so leicht, solche zu finden, die es ehrlich meinen. Beispiel Herrmann. Ich weiß, dass du ihn total verteufelst, von Anfang an, aber weißt du, dass er es auch nicht anders gelernt hatte? Vielleicht hat er Mama von Anfang an wirklich geliebt oder zumindest so geliebt, wie er dachte, dass es geht, verstehst du mich?«

Lisa stand auf und wollte etwas Luft reinlassen, aber das Fenster hatte keinen Griff. Natürlich nicht. Sie sah den Wald, Maries Zuhause, und ärgerte sich über diese Ignoranz, sie ausgerechnet in so ein Zimmer zu legen. Wenn sie wach war, wurde ihr auch noch genau vor Augen gehalten, was ihr genommen worden war, guck, ätschibätsch.

»Mama hat mir mal erzählt, dass er fast totgeprügelt worden ist von seinem Vater. Aber warum muss er das dann genauso machen und warum mit unserer Mutter, würdest du sagen, wenn du jetzt reden könntest, aber weißt du, was wohl das Erstaunliche ist? Die können dann quasi nicht anders, sie haben nichts anderes gelernt, das ist ihr Muster. Und dann diese Angst, dass Mama weggeht zu einem anderen. Dann hätte er sich eben eine suchen sollen, die nicht so hübsch ist wie Mama, würdest du sagen, aber das ist wahrscheinlich das Verhängnis. Sie denken, sie hätten das Beste verdient und reden sich ein, sie passen nur sehr gut darauf auf.« Lisa setzte sich wieder, knetete ihre Hände und starrte auf den hellgrünen Boden. »Damals habe ich entschieden zu gehen und dich alleine zu lassen mit diesem Irrsinn. Damals dachte ich, Mama hätte mir keine Wahl gelassen.«

Mama liegt in einem Krankenhausbett. Privatzimmer, etwas anderes kommt ja wohl für die Frau von Herrmann nicht infrage. Bilder an den Wänden, auf denen Mohnblumen in saftigen Weizenfeldern vom Wind hin und her geweht werden oder schlanke Frauen in Rüschenkleidern, die sich Sonnenschirmchen über den Kopf halten. Sonnenschirme wie das Gelb der Wände, das im wohligen Kontrast steht zu dem Blau des Himmels vor dem großen Fenster. Dicke Decken und aufgeplusterte Kissen, darin Mamas zerschlagenes Gesicht. Das eine Auge zugeschwollen, eine krustige Schramme über die ganze Wange, die durch das dunkelorangene Desinfektionsmittel in ihrer Wucht noch verstärkt wird, den Arm in Gips und der Atem sehr flach, wegen der zwei gebrochenen Rippen.

Lisa hält ihre Hand und beobachtet den Tropf. Es sieht nicht so aus, als würde der Tropfen in dem durchsichtigen Ding jemals von oben nach unten ploppen, um dann in Mamas Körper zu laufen und ihre Schmerzen lindern. Lisa möchte am liebsten mit ihren Fingern dranschnipsen. Aber Mama liegt ganz ruhig da.

Herrmann hat sie selber ins Krankenhaus gebracht, nachdem sie aus der Bewusstlosigkeit nicht mehr aufwachen wollte, hat den Ärzten alles erklärt, den Sturz von der Leiter, »wie oft habe ich ihr schon gesagt, sie soll das mit der Dachrinne mir überlassen, aber Sie wissen ja, wie die Frauen sind.« Hat ihr einen schmalen Kuss gegeben und sie in die Behandlung entlassen. »Das wird wieder, Liebling!«

Jetzt aber sitzt Lisa an ihrem Bett, nicht er. Er ist nicht gerne dabei, wenn Mama heilt. Zum einen ist sie in ihrem Zustand nicht mehr so perfekt, wie er sie gerne nur für sich haben möchte, zum anderen hat er ein schlechtes Gewissen. Früher wäre er wohl verhauen worden, weil er einen Fehler gemacht hat, sich mal wieder nicht im Griff hatte.

Lisa hält Mamas Hand, als der behandelnde Arzt hereinkommt, sich an das Bettende stellt und seinen Blick traurig auf ihr ruhen lässt. Er hat sie schon öfter so gesehen.

»Wir kennen solche Fälle, Frau Kamphausen, sehr ge-

nau. Denken Sie, ich glaube auch nur ein Wort davon, was Ihr Mann mir hier erzählt?«

Mama dreht den Kopf weg und schließt das eine Auge. Das andere ist ja bereits zu.

»Ich weiß, dass Sie vielleicht Angst haben oder Ihren Mann schützen wollen, warum auch immer. Aber wir können Ihnen helfen, bitte reden Sie mit uns, das kann so nicht weitergehen, das nimmt kein gutes Ende, Frau Kamphausen. Sie haben doch auch noch zwei Töchter, die Sie brauchen.« Der Arzt hält sich mit beiden Händen an dem metallenen Bettgestell fest und beugt sich zu Mama und Lisa vor. »Was ist wirklich passiert?«

Lisa drückt Mamas Hand, sie soll es endlich sagen, sie alle endlich von diesem Monster erlösen, aber Mama antwortet nicht.

»Er behauptet das immer, die Leiter, die Treppe, der Balkon.« Lisa hält es nicht mehr aus, es muss raus, sie muss die Wahrheit sagen. »Als ob jemand dauernd...«

Mama dreht ruckartig den Kopf und hebt die Hand. »Lisa!«

»Aber es ist doch ...!«

»Ich bin die Leiter runtergefallen«, sagt Mama leise, aber bestimmt und etwas in Lisa explodiert. Der Arzt schüttelt den Kopf und legt einen Kugelschreiber auf ihren Nachttisch.

»Sie können es auch aufschreiben. Später.« Er nickt Lisa zu, als wäre sie jetzt dran und er würde auf sie zählen, und geht.

Kaum ist er draußen, springt sie auf und schreit ihre Mutter an. »Warum, Mama, warum sagst du es nicht? Was hast du davon? Er wird dich noch totschlagen. Und dann? Hast du Angst? Sie werden uns sicher beschützen, man darf seine Frau nicht schlagen, das ist verboten. Dann kommt er ins Gefängnis und wir können wieder in Ruhe leben. Du kannst wieder bei Franz arbeiten und mit dem Fahrrad fahren und Lippenstift benutzen, vielleicht auch mal wieder lachen. Und wir auch. Mama!«

Die Mutter seufzt und eine Träne läuft aus ihrem zugeschwollenen Auge. Marie hätte sich jetzt gewundert, warum sie nicht blau-grün schillert, aber Lisa wundert sich über so was nicht und ist viel zu wütend. »Warum?«

»Ich liebe ihn.«

Lisa kann es nicht fassen. Sie wird ganz ruhig, weil sie fühlt, dass sie dagegen nichts ausrichten kann, stellt sich an das Bett wie der Arzt und schaut ihre Mutter an. »Entweder dieses Arschloch geht oder ich!«

»Lisa, Kind«, *sagt ihre Mutter und die Stimme klingt gepresst und verzweifelt, wie aus körperlichen Schmerzen geboren. Lisa schaut sie nur an. Sie will eine Antwort.* »Ich kann nicht.«

Da dreht sie sich um und geht.

»Ja, Marie, auch diese Entscheidung war falsch. Wenn ich noch da gewesen wäre, hätten wir vielleicht zusammen etwas ausrichten können. Aber jetzt bin ich hier. Paul hat recht. Du bist das Wichtigste im Moment, nicht das Haus oder Mama oder Geld. Jetzt bin ich hier, Marie, ich rede mit der Winter, ich rufe die Schmitt an, wusstest du, dass sie sich dauernd bei mir meldet und wissen will, wie es dir geht? Nein, natürlich nicht, du denkst, sie hat dich verlassen, wie alle. Aber das stimmt nicht. Vielleicht kann sie uns helfen, eine andere Lösung für dich finden. Damit du hier rauskommst. Paul sagt, du kannst auch bei uns wohnen, aber er kann sich wohl noch nicht vorstellen, wie es dir ergeht, wenn du in Räumen bist. Und wir wohnen unterm Dach. Die Wände sind zwar zum Teil schräg, aber ich glaube, das macht keinen Unterschied.« Sie nahm Maries Hand und drückte sie. »Nein, ich weiß es«, murmelte sie leise. »Wenn das nicht weggeht, was dich bedroht, dann müssen wir eine andere Lösung finden. Zumindest für den Winter.« Sie lachte ein bisschen. »Wir könnten ja auch das Haus verkaufen und von dem Geld die Bäume erwerben. Oder zumindest so viele, wie du brauchst.« Lisa strich Marie eine Haarsträhne aus dem Gesicht. »Wir reden darüber, wenn du wieder da bist.«

Im Schwan hatte sie sich ein Zimmer am anderen Ende des Flurs geben lassen. Nur nicht zu nah an den Kochs. Sie kannte Marina, die Tochter des Hauses, war zeitweise sogar mit ihr in die Schule gegangen und manchmal ein bisschen neidisch gewesen auf das automatische Erbe eines Berufes.

»Und du verkaufst denen das Haus nicht?« Lisa zuckte nur mit den Schultern und Marina seufzte. »Nicht, dass die noch für immer hierbleiben, dauernd hat die was auszusetzen. Dabei habe ich ihnen extra die Suite gegeben.« Sie gab Lisa den Schlüssel für ihr Zimmer und beugte sich vertraulich über den Tresen. »Hast du schon gehört? Der Bindinger ihr Baby ist tot auf die Welt gekommen. Obwohl die ganze Zeit angeblich alles okay war!« Zum Glück vibrierte Lisas Handy. Sie winkte entschuldigend und floh in den ersten Stock. »Hallo?«

Die Schmitt war richtig sauer. Sie hatte es von ihrer Chefin gehört, kann ja wohl nicht wahr sein, es reicht doch nicht, das alles abzuwälzen, ohne genauer hinzugucken, die bring ich unter und dann mache ich es mir wieder gemütlich, nein, das ist nicht die Definition ihres Berufes. Warum musste alles schnell gehen, Marie brauchte eben ihre Zeit. Warum hatten sie ihr nicht einfach Zeit gelassen? Sie musste ihren Weg finden, sie musste bereit werden, bereit, sich mit dem Geschehenen und Gesehenen auseinanderzusetzen. Nun, jetzt ist sie in der Mühle und da wird sie so schnell nicht wieder rauskommen. Das mit dem Haus, natürlich war das ein Trigger, das konnte man doch an zehn Fingern abzählen, das muss sie ehrlich sagen, da hätte man ja auch mal Prioritäten setzen können, als gäbe es kein anderes Haus …!

»Ich hab's nicht verkauft.«

»Nicht?«

Lisa fummelte mit dem Schlüssel am Schlüsselloch herum und schaute sich dabei um. Bloß nicht den Kochs begegnen.

»Nein.«

Die Schmitt seufzte am anderen Ende und Lisa wusste genau warum. Das war zwar gut, half aber jetzt nicht mehr viel. Es geht viel schneller, in den Verein der Andersartigen aufgenommen zu werden, als da wieder auszutreten. Der Stempel ist nicht wasserlöslich.

»Nun. Ich mach mich jetzt auf die Socken und komme. Vielleicht kann ich ja noch irgendwas ausrichten, die Winter kenn ich, hab mal ein Seminar bei der gemacht.« Die Schmitt lachte auf. »Wissen Sie, worum es da ging? Alternative Behandlungsmethoden in der Traumatherapie!« Okay, die Schmitt war wirklich auf 180, aber Lisa war froh, dass sie kommen würde und schaffte es endlich die marode Tür aufzuschließen.

»Gut, Frau Schmitt, dann warte ich hier ...!«

Paul saß auf dem Bett und schaute sie lieb an. Marie hätte jetzt das Handy in hohem Bogen weggeworfen und wäre ihm um den Hals gefallen, aber Lisa war nicht Marie und musste ja auch nicht sie werden, um alles richtiger zu machen. »Bis dann!«, sagte sie noch, drückte die Schmitt weg und blieb vor Paul stehen.

»Du bist hier.«

Er grinste leicht und klopfte neben sich aufs Bett. »Ich dachte, du könntest vielleicht ein bisschen Hilfe gebrauchen.« Da wurden ihre Knie weich, sie fiel einfach vor ihm hin, klammerte sich an seinen Beinen fest und heulte sich die angeknackste Seele aus dem Leib.

»Paul ... es tut mir so leid.« Vorsichtig rutschte er vom Bett zu ihr hinunter, nahm sie in den Arm und sagte erst mal nichts. Als sie sich ein bisschen beruhigt hatte, nur in seinen Armen lag und ab und zu noch schniefte, holte er etwas aus seiner Hosentasche und hielt es ihr in seiner großen Faust versteckt hin.

»Was ist das?«

Er öffnete die Hand. Da lag Mamas Kette. Die, die sie immer getragen hatte, seit Lisa sie kannte, mit dem blauen, durchsichtigen Stein, durch den man den Mond anschauen konnte.

»Du warst bei Mama?«, flüsterte Lisa.

Paul nickte. »Ich hätte dich ja vorher gefragt, aber dann hättest du ja schon gewusst, was ich vorhabe und warum ich vorher unbedingt deine Mutter sprechen muss.« Lisa verstand nur Bahnhof. »Ich soll dich umarmen und dir die Kette geben. Sie wünscht uns Glück.« Er nahm vorsichtig die Kette und legte sie Lisa um den Hals. »Wenn wir heiraten.«

Lisa wich ein Stück zurück. »Du willst mich heiraten?«

»Du mich nicht? Ich dachte, es könnte dir gefallen, dass wir so ganz ordentliche Eltern werden.«

Lisa zog die Beine an und schüttelte ein bisschen den Kopf. Typisch Paul. Keine halben Sachen und immer geht alles irgendwie. Er strich ihr zärtlich eine Haarsträhne aus dem Gesicht und hatte keinerlei Zweifel. »Ich möchte gerne, dass deine Welt in Ordnung kommt. Unsere Welt. Und da haben wir ja noch ein bisschen Zeit, bis das Baby da ist.«

Lisa nickte und lächelte schwach. »Der Bindinger ihres ist tot auf die Welt gekommen.«

»Wer ist die Bindinger?«

Lisa winkte ab. »Meine Welt kann nur in Ordnung sein, wenn es Marie besser geht. Wenn es eine Lösung für sie gibt. Das habe ich jetzt verstanden.«

Paul nickte. »Das weiß ich.«

»Und dann heiraten wir.«

13

»Nur geliehen. Morgen früh hast du sie wieder.«

Tim saß auf seiner klapprigen Maschine und schüttelte den Kopf. Das war nicht weiter verwunderlich, niemals würde er einfach Ja sagen, also so: »Leihst du mir für heute Nacht dein Motorrad?« – »Ja, gerne!« Von Tim hatte man nichts zu erwarten, wenn man nichts zurückgab, alles hat seinen Preis, eine Hand wäscht die andere und so weiter. Aber Jori brauchte das Ding, das war seine Aufgabe in Schlappes Plan. Fahrzeug besorgen. Nun war Tim aber leider auch nicht der Typ für gute Taten, es machte also keinen Sinn, ihm irgendwas zu erklären, das Paradies in ferner Zukunft zu versprechen oder zu betteln.

»Was willst du?«

»Dir das Motorrad nicht leihen.« Tim grinste.

Leider fiel Jori auch keine Alternative ein. Er kannte ja hier keinen, außer die Pannebrüder. Und

der Porsche von seinem Vater ging nicht, weil Jori nicht Auto fahren konnte. Immerhin wollte er Marie retten und nicht in noch größere Gefahr bringen.
»Weed?«
»Ach so, ich dachte, du hast keins mehr.«
»Ich könnte es besorgen.«
Tim hielt die Hand auf. »Dann.«
»Mann, ich muss es erst besorgen.«
»Aber du brauchst die Maschine doch jetzt?«
Es war hoffnungslos und Jori nicht bereit, seinen ganzen Stolz über Bord zu werfen. »Vergiss es einfach.« Er drehte sich um und ging, ohne irgendeine Alternative in petto zu haben. Vielleicht könnte er bei dem Tankstellentyp ...
Da tauchte Tim knatternd neben ihm auf. »Wofür brauchst du sie denn?«
»Interessiert dich eh nicht. Hau ab.«
»Interessiert mich brennend.«
Jori blieb stehen, versenkte die Hände in seinem Hoodie und schaute ihn an. »Ich möchte Marie helfen und sie aus der Klinik holen. Du kannst dich jetzt lustig machen, voll abziehen und es überall rumposaunen, mir ist das egal. Hier geht es nicht nur um ›meine Süße‹ oder um ›oh, es passiert was in dieser Schnarchstadt der fucking Bäume‹, hier geht es um einen Menschen. Und weißt du was? Die ganze Zeit frage ich mich, warum ihr sie nicht in Ruhe lassen könnt, warum du sie so auf dem Kieker hast. Und

die Antwort ist: Du willst sie haben, schon immer, sie dich aber nicht. So was passiert, das muss man hinnehmen. Wie ein Mann, weißt du, nicht wie ein Vollidiot. Marie ist jetzt weg. Punkt.«

Jori ging weiter und wusste endgültig mit absoluter Gewissheit: Mit diesem Typen wollte er nie wieder etwas zu tun haben. Tim startete hinter ihm durch, brauste an ihm vorbei, fuhr ein Stück angeberisch auf den Hinterreifen, kam dann staubend zum Stehen, stieg ab und wartete auf ihn.

Jori machte eine Kurve um ihn herum. »Ganz toll.«

»Nimm sie.«

Er blieb stehen und drehte sich zu Tim um. Sein Ernst? Der stand da, streckte ihm die Maschine hin und nickte.

Die Sonne war noch nicht ganz hinter den Bäumen verschwunden, da stand Jori schon an der Tankstelle bereit. Aufgeregt wartete er auf Schlappe, ohne zu wissen, ob man sich auf die verlassen konnte. Und wenn ja, würde diese Klapperkiste sie alle drei tragen? Schlappe war immerhin, na ja. Aber was blieb ihm übrig, als es auszuprobieren. Sollte sie kommen und sollte es ihnen gelingen Marie da rauszuholen, hatte er eine gute Nachricht dabei. Grinsend erinnerte er sich an das desolate Bild, das seine Eltern am späten Nachmittag im Schwan abgegeben hatten, weil die blöde Kuh ihnen die Unterschrift verweigert hatte und vorgab, noch Zeit zu brauchen. Da hatte er sich wohl getäuscht in Maries Schwester.

Seine Mutter jammerte, weil sie sich jetzt doch so darauf eingestellt hatte, und sein Vater studierte grimmig die Immobilienanzeigen in der Stadt der Bäume, fand aber nur Appartements mit Panoramafenstern oder möblierte Mietobjekte auf Zeit. Er hatte verdammt viel investiert in dieses Mörderhaus, wenn die nicht unterschrieb, dann würde er sie verklagen, ha, die sollte sich mal bloß nichts einbilden. Jori schnappte sich etwas Proviant, falls Marie Hunger haben würde, und ging, ohne eine Miene zu verziehen.

»Wo gehst du hin? Und wann kommst du wieder, Jori?«, rief ihm der Vater hinterher und war bereit, die ganze Wut und Demütigung an seinem Sohn auszulassen. Aber da Jori darauf keine präzise Antwort wusste und auch keine Lust hatte, mal wieder den Sündenbock zu spielen, ging er einfach und antwortete nicht.

»Das ist also das Fahrzeug?« Schlappe war wie aus dem Nichts aufgetaucht. Sie trug ihre Pflegerinnenmontur, ganz in Hellgrün, die strähnigen Haare hochgebunden und unter einem Häubchen versteckt.

Jori präsentierte das Motorrad. »Bitte schön.«

Schlappe zog skeptisch eine Augenbraue hoch, sagte aber nichts weiter, sondern hievte sich erstaunlich gelenkig auf den hinteren Sitz, die Elefantentasche nah am Körper. »Du fährst.«

Nicht, dass Jori das schon oft gemacht hatte und schon gar nicht mit einem Schwergewicht hinten drauf, aber aus Mangel an Alternativen holte er tief Luft, startete das Ding und gab Gas. Weil sie weder einen Führerschein noch Helme hatten, fuhren sie Schleichwege, die Schlappe ihm von hinten ins Ohr brüllte, holperten über Kies, durch Schlaglöcher und Matsch, ließen sich aber nichts anmerken, sondern folgten ihrer Mission.

Erst vor dem verschlossenen Dornröschentor bremste Jori, gerade als der volle Mond hinter dem klobigen Gebäude auftauchte.

Schlappe stieg ab, hielt ihre Karte gegen das Magnetfeld und langsam öffnete sich die Pforte. Jori stellte das Motorrad ab und sie gingen zu Fuß weiter, die ordentlich geharkten Wege zwischen hohen Bäumen entlang auf das riesige Gebäude zu. Alles war ruhig, drinnen brannten nur schwach und vereinzelt Lichter, man schien früh ins Bett zu gehen in dieser Einrichtung. Wenn man nicht eh schon den ganzen Tag lag.

»Sie ist in der Geschlossenen?«, versicherte sich Schlappe leise und Jori nickte. »Ich weiß, wo's langgeht.«

»Ich auch!«

Erst jetzt fiel ihm auf, dass sie nicht schlappte. Mit geradem Rücken und entschlossenem Gesicht ging sie geräuschlos ihren Weg, lotste Jori um das Haus herum zu einem Hintereingang, öffnete auch diese Tür problemlos mit ihrer Karte, führte ihn durch die Küche ins Treppenhaus und stiefelte weiter in den vierten Stock. Jori folgte ihr mit klopfendem Herzen. Nein, es war nicht wie im Film, bisher sogar relativ unspektakulär, aber auf jeden Fall ziemlich verboten und schließlich schlich man sich nicht alle Tage in eine geschlossene Abteilung, um jemanden unerlaubterweise da rauszuholen. Auch die Stahltür ließ sich problemlos mit der Karte öffnen, Schlappe schaute vorsichtig links und rechts, schlüpfte dann hindurch und winkte Jori zu sich.

»Ich hole Marie, und du bleibst genau hier stehen und passt auf. Wenn jemand kommt, schickst du mir ein Signal auf mein Handy.« Jori hatte sich das anders vorgestellt, wollte mit zu Marie, auch irgendwas Sinnvolles tun, aber Schlappe hatte den Bestimmerton am Leib und so tauschten sie noch schnell Handynummern, wobei das nicht so einfach war, weil ihr Gerät aus dem letzten Jahrhundert stammte.

Sie ging los, den langen Gang hinunter, und er lehnte sich an die Stahltür und versuchte alles im Blick zu halten, rechts und links ein Gang in müdem Neonlicht und der Geruch von Desinfektionsmitteln und Urin. Übersehen konnte er hier niemanden, aber ansonsten nur warten und flach atmen.

Lilli blieb vor Zimmer sieben stehen und warf einen Blick durch das Sichtfenster. Schemenhaft konnte sie Marie auf ihrem schmalen Bett erkennen, beleuchtet von einem kleinen Nachtlicht, das ihr nicht half, aber den Pflegern, um sie kontrollieren zu können. Sie schlief oder etwas in der Art.

Die ganze Zeit schon machte es Lilli zufrieden, dass sie die Karte damals rausgeschmuggelt hatte und den mehrfachen Aufforderungen nicht gefolgt war sie abzugeben. Irgendwann war es ihnen dann wohl durch die Lappen gegangen. Oder Susanne hatte abgewunken.

Die ganze Zeit schon erinnerte sie alles an früher, staunte sie, dass es Orte gab, an denen sich nichts veränderte, und fragte sie sich, ob sie hinter der ein oder anderen Tür immer noch denselben Patienten finden würde. Sie wusste, dass Susanne hier weiter das Sagen hatte. Die kalte Susanne.

Lilli hielt die Karte an das dafür vorgesehene Feld, es klickte und die Tür zu Marie war offen. Leise ging sie hinein, schloss die Tür hinter sich und fast kamen ihr die Tränen beim Anblick ihrer stillgelegten Freundin.

»Hey Marie, was haben sie denn mit dir gemacht?«, flüsterte sie, trat an ihr Bett und öffnete die Fixierung. »Da hast du ihnen aber ganz schön Zunder gegeben, wenn sie dich festschnallen mussten!« Vorsichtig schüttelte sie sie an den Schultern, drehte ihr Gesicht, versuchte Leben zu finden. Aber Marie war tief in ihrem Medikamententaumel verschwunden. »Mann, so kenn ich dich gar nicht. Sonst bringt dich doch das leiseste Geräusch auf die Beine. Na, dann wollen wir mal sehen!«

Lilli schlug die Decke zurück und hob Marie auf ihren Armen aus dem Bett. »Geht doch!« Sie trug sie zur Tür, stieß die mit dem Fuß auf, ihr Handy bingte Alarm und schon lief sie ungebremst Frau Dr. Winter in die Arme, die eben noch mal nach Marie schauen wollte, bevor sie nach Hause ging.

»Was ...? Lilli, bist du das?«

Die beiden starrten sich an. Lilli war das Herz in die Hose gerutscht. Gegen jeden hätte sie sich zur Wehr setzen können, zwei durchtrainierte Pfleger, vier giftige Schwestern oder ihretwegen auch ungezählte Elefanten, aber Susanne? Ausgerechnet.

»Äh, wo willst du denn mit der Patientin hin? Und was machst du überhaupt hier?« Sie war älter geworden, natürlich, aber ansonsten genauso schön wie früher, vornehm ebenmäßig, rank und schlank, schlau mit ihrer kleinen Brille. Lilli kam sich wie ein Haufen Elend vor. An ihr war nichts wie damals. Aufgegangen wie ein Hefekloß, ungepflegt und von allen verfolgt. Okay, sie hatte es nicht verkraftet, Susanne sicher, natürlich, die hatte es ja auch entschieden. Dass sie kein Paar mehr sein würden, weil sie nicht wollte, dass es jemand merkt, stets besorgt um ihren Ruf. Dass Lilli kurz darauf nicht mehr auf ihrer Station und wenig später überhaupt nicht mehr im Haus arbeiten sollte. Sie wusste, warum sie nie mehr hier hingegangen war, sie hatte gewusst, dass es ihr den Atem rauben und das Herz zerreißen würde, wenn sie ihr noch mal begegnete. Aber jetzt ging es um Marie, die in ihrem Arm lag, wie tot, nichts von alldem mitbekam und dringend hier wegmusste. Lilli hatte sich entschieden ihr zu helfen und in Kauf zu nehmen, was geschah.

Sie holte tief Luft, verstärkte ihren Griff um Marie und versuchte, an Susanne vorbeizukommen.

»Ich nehme sie mit.«

»Spinnst du? Das Mädchen ist hoch traumatisiert und eine Gefahr für sich und die anderen.«

»Papperlapapp!« Susanne hatte es gehasst, wenn Lilli das sagte. »Marie ist meine Freundin und für überhaupt niemanden eine Gefahr. Wenn, dann bist du eine für sie.«

Susanne stellte sich ihr in den Weg. »Lilli. Du hast doch keine Ahnung. Jetzt sei vernünftig und bring das Mädchen zurück in ihr Bett.«

»Ich habe sehr viel Ahnung. Schon immer gehabt. Ich denke, wir beide haben nichts zu besprechen. Ich gehe jetzt und nehme Marie mit.«

Jori beobachtete die beiden Frauen. Er hatte seine Position verlassen, als die Ärztin schnellen Schrittes an ihm vorbeigegangen war und er wusste, dass jede Warnung zu spät kommen würde. Jetzt sah er Schlappe mit Marie auf dem Arm und knallrot im Gesicht, sah, dass die Ärztin sie nicht vorbeilassen würde und soeben ihren Pieper zückte, um Verstärkung zu holen. Hektisch schaute er sich um. Wie konnte er helfen, gab es irgendeinen Ausweg? Wenn erst mal die Helfer da sein würden, war die Mission gescheitert. Die beiden Frauen wurden immer lauter und warfen sich Dinge an den Kopf, die seiner Meinung nach mit Marie wenig zu tun hatten. Irgendwie kannten sie sich von früher, und es war nicht gerade Sympathie übrig geblieben. Schlappe rempelte die Ärztin an und der Pieper fiel runter, außerdem regte sich Marie auf ihrem Arm, schien aus ihrem Delirium zu erwachen.

Jori entdeckte eine Düse der Sprinkleranlage an der Decke und erinnerte sich an einen Film, in dem der Held mit einem Streichholz, übrigens das einzige, das er hatte, wodurch es noch spannender gewesen war, eine ganze Fabrikhalle damit geflutet und lahmgelegt hatte. Okay, also doch ein Film. Sein Film.

In der Hosentasche fand er ein Feuerzeug, an der Seite des Ganges einen Stuhl, den er unter die Düse schob. Während er hinaufkletterte und das Feuer darunter hielt, rangelten die beiden Frauen um den Pieper, wobei Schlappe mit Marie auf dem Arm deutlich im Nachteil war. Und das blöde Ding funktionierte nicht.

»Hey, du Arsch, es brennt in der Klinik, du musst löschen«, fluchte Jori.

Die Ärztin erwischte den Pieper mit dem Fuß und konnte ihn auslösen, während Schlappe versuchte, sie davon abzuhalten.

»Verdammte Scheiße, jetzt geh schon los!« Genau in diesem Moment und als hätte die Anlage ihn gehört, sprühte das Wasser mit voller Wucht aus der Düse. Zuerst nur auf Jori, dann gingen nacheinander alle anderen Düsen los.

»Schlappe! Komm!«, schrie er, und die nutzte die Verwirrung, und dass Susanne hingefallen war und sich erst noch aufrappeln musste und rannte los. Jori hielt ihr und Marie, die mit halb geöffneten Augen auf ihrem Arm lag, die Tür auf und sie rannten die Treppe runter. Sie schauten nicht zurück, sie hörten nicht auf Geräusche, sie rannten, so schnell sie konnten, und erst später würde Jori ernsthaft darüber nachdenken, wie man mit Schlappen, deren Riemen nicht sichtbar waren, so schnell laufen konnte.

Pitschnass versteckten sie sich hinter einem Holzschuppen, kauerten sich unter die Büsche, keuchten und Jori deckte Marie mit seinem Pulli zu, der unter der Jacke trocken geblieben war.

Sie redeten nicht, hörten laute Männerstimmen,

Fußgetrappel und Sirenen, und hingen Gedanken nach.

Jori beschloss mit Marie erst mal zu Heimatbaum zurückzukehren. Dort kannte sie sich aus, fühlte sich zu Hause. Nur kurz, dann würden sie aufkreuzen und Marie suchen.

Lilli dachte an Susanne. Hier hinter dem Schuppen beschloss sie, das letzte Mal an sie zu denken und ihr alles Gute zu wünschen.

»Was machen wir hier?« Marie setzte sich auf, blinkerte in die Nacht und schaute sich verwundert um.

Schlappe legte ihr beruhigend die Hand auf den Rücken. »Wir warten, bis sie aufhören uns zu suchen.«

Marie sog in tiefen Zügen die frische Nachtluft ein, dann schaute sie die beiden an. »Wir sollten uns nicht zu viel Zeit lassen.« Sie hielt sich die Hände gegen die Ohren. »Es mag den Boden nicht.«

Marie saß in der Mulde von Heimatbaum. Sie hatte sich das Gesicht im Bach gewaschen, ihren langen Zopf geflochten und alle Spuren der Gefangenschaft beseitigt.

Schlappe war vollkommen erschöpft nach Hause gegangen. »Macht, was ihr wollt, meine Lieben, die alte Lilli geht ins Bett. Aber wartet nicht zu lange. Hier seid ihr nicht sicher.« Langsam schlappte sie davon und freute sich darauf, Susanne endgültig wegzuschlafen.

Jori saß bei Marie, sah ihre klaren Augen, ihr ernstes Gesicht und wusste, dass sie zwar wieder da war, aber irgendwie auch doch nicht. Denn Heimatbaum konnte nicht mehr ihr Zuhause sein, solange sie von Menschen, die glaubten, es gut zu meinen, gejagt wurde.

»Wo wolltest du denn hin, nach der Brandstiftung?«

Marie zuckte mit den Schultern. »Ich dachte, dass dies hier wohl nicht die einzige Stadt mit Bäumen ist. Irgendein Wald wird sich schon finden lassen. Dachte ich.«

»Dann suchen wir einen für dich, sobald du dich fit fühlst.«

Marie schaute ihn prüfend an. »Warum machst du das alles für mich? Pfosten!« Sie grinste leicht. »Ich meine, ich war nicht wirklich nett zu dir. Obwohl es oft einfach still ist, wenn du da bist.« Sie lauschte in die Nacht und hörte nichts. Kein Grollen. »Das tut mir sehr leid.«

»Es tut mir auch leid. Ich habe, glaub ich, das Gefühl, dass du nichts dafür kannst. Und ... du bist eben besonders.«

Marie schüttelte den Kopf. »Eigentlich nicht.« Sie dachte kurz nach. »Ich heiße Marie Helene Brandt und bin fast 16. Ich wachse in einer Stadt voller Bäume bei meiner Mutter und meiner Stiefschwester auf. Meine Hobbys sind malen, turnen und in den Wald gehen. Ich mag die Natur, die Tiere, die Pflanzen und die Steine. Meiner Mutter helfe ich gerne im Garten und in der Schule bin ich so mittel. Das liegt vielleicht daran, dass ich nicht stillsitzen kann und deswegen schlecht bin im Bücherlesen. Ja ... und das war's.«

Jori lächelte sie an. Ja, so hätte es sein können.

Marie atmete tief ein, setzte sich zurecht, sodass

ihr Rücken sehr gerade war und ihre Haltung Entschlossenheit ausstrahlte, und nahm seine Hand.

»Ich möchte nicht mehr weglaufen. In der Klinik ist mir klar geworden, dass es so nicht weitergeht. Ich muss mich stellen und dazu an den Ort gehen, wo es geboren wurde, wo es sich hin zurückzieht und von wo es immer wieder kommt, um mich zu quälen, zu verfolgen und irgendwann umzubringen. Mich und alle, die ich mag. Die Gute hat es von Anfang an gewusst.«

Jori schluckte. »Was ist es?«

»Das Rot«, antwortete Marie leise, weil sie Angst hatte, es könnte sie hören.

Jori nickte. Rot ist das Blut, der Eisengeruch, das Ereignis selbst. Rot ist das, was Marie nicht losließ.

»Es würde mir helfen, wenn du mitkommen würdest. Falls es zu schlimm wird.«

Als um fünf Uhr morgens das Handy klingelte, lag Lisa nackt in Pauls Armen. Ihr ganzer Körper war mit seinem verschlungen, sodass sie schon selbst nicht mehr wusste, welches Bein wem gehörte, wessen Haare wo kitzelten, welches Ohr was hörte. Das Klingeln jedenfalls weckte nur sie. Neben einem schlafenden Paul konnte man ein Feuerwerk abschießen, ohne dass er es merkte.

Lisa tastete nach dem Handy auf dem Nachttisch,

möglichst ohne die Position aufzulösen. Denn so hätte sie für immer liegen können.

»Hallo?«

Es war die Ärztin aus der Klinik. Sie entschuldigte sich für die frühe Störung, aber sie war verpflichtet ihr mitzuteilen, dass Marie nicht mehr da war.

»Was heißt nicht mehr da?«

Lisa rüttelte an Paul, es war klar, dass es hier ab jetzt nicht mehr um Schlaf ging. Während sie erfuhr, was passiert war, kletterte sie aus dem Bett und in ihre Jeans, schüttete sich Wasser ins Gesicht und putzte ihre Zähne mit dem Finger.

»Und was passiert jetzt?«, nuschelte sie.

»Wenn Sie sie gefunden haben, nehmen wir sie gerne wieder auf.«

»Was ist?« Paul steckte seinen verschlafenen Kopf durch die Badtür.

»Die haben zugelassen, dass Marie entführt wurde, und wir sollen uns jetzt darum kümmern.«

»Frau Körner«, meldete sich die Winter in der Leitung, »die Polizei ist da dran. Ich dachte nur, Sie wollen es vielleicht wissen. Wir kennen auf jeden Fall eine der Beteiligten, Liliane Koschlik, und es war noch ein Junge dabei, er trug schwarze Kleidung und ...« Lisa legte auf.

»Zieh dich an, wir müssen sie finden!«

Lisa und Paul klopften am Zimmer der Kochs, obwohl Marina sie gewarnt hatte, so früh am Morgen.

Aber Lisa war es egal. Sie wollte wissen, wo sich ihre Schwester aufhielt, und dass Jori an dieser Entführung beteiligt gewesen war, war ja wohl offensichtlich.

»Was soll mein Sohn damit zu tun haben?«, knurrte der Koch, strich sich die Haare glatt, stieß Lisa zur Seite und marschierte mit großen Schritten auf Joris Zimmer zu. Er klopfte nicht, bevor er die Tür aufstieß, und Lisa dachte, dass er wohl genau wusste, dass das Zimmer leer sein würde, was es dann auch war. »Vielleicht ist er über Nacht bei seinen Kumpels geblieben. Schließlich hat uns das alle gelinde gesagt ein wenig aufgewühlt, Ihre Aktion gestern.«

Frau Koch kam aus der Suite geschossen, was wirklich von Marinas Humor zeugte, den Lisa ihr gar nicht zugetraut hätte. Suite, im Schwan!

»Aber Jori ist doch nichts passiert, oder Olli?« Der legte beruhigend seinen männlichen Arm um sie.

»Nein, Jori nicht«, sagte Lisa kühl, und »entschuldigen Sie die Störung«, ergänzte Paul noch und rannte ihr hinterher die Treppe runter.

Marina erwartete sie in einem Seidenkimono, den sie auch gleich hätte weglassen können. »Und?«

»Liliane Koschlik, sagt dir das was?«

»Die dicke Lilli? Klar. Wohnt am Waldrand und geht seit Jahren quasi nicht mehr auf die Straße.

Du meinst, die hat was damit zu tun? Glaub ich nicht!«

»Wer weiß das schon. Hast du die Adresse?«

Das Mörderhaus stand wie unschuldig in der Dunkelheit. Die Dämmerung ließ noch auf sich warten, die Vögel zwitscherten noch nicht. Denn noch war alles ruhig.

Jori und Marie standen davor. Je näher sie gekommen waren, um so lauter war das Grollen geworden. Marie fürchtete sich. Noch nie war sie dem Rot entgegengegangen, immer hatte sie sich defensiv verhalten, nur reagiert. Jetzt würde sie angreifen, sich ihm entgegenstellen und es war bereit. Das fühlte sie mit jeder Pore. Das Rot konnte man nicht überraschen, man nicht, und sie schon mal gar nicht.

»Soll ich mit reingehen?« Jori schien unruhig neben ihr, auch er spürte die Bedeutung dessen, was hier vor sich ging.

Marie schüttelte den Kopf.

»Aber wenn dir etwas passiert, wenn du es irgendwie nicht aushältst, wenn … ich kann doch nicht einfach hier stehen und warten.«

Maries Augen flatterten nervös herum, blieben kurz an ihm hängen. »Du bist nicht verantwortlich, Jori. Es ist mein Ding. Wenn ich dich brauche, werde ich dich rufen, okay?«

»Ich bin der Einzige, der weiß, was du hier tust. Wenn dir was passiert, werde ich schuld sein.«
»Möchtest du gehen?«
Jori schüttelte den Kopf.
Marie nickte ihm zu, drückte die Schultern durch und ging auf die Haustür zu. Nie wieder hatte sie diese öffnen wollen. Das letzte Mal war sie blutbesudelt vom Verhängnis gewesen, hatte den Lärm in den Ohren, das Rot, konnte nicht wirklich etwas erkennen, wusste nicht, wo Mama abgeblieben war, und kannte diese Frau nicht, die sie führte, sah nur das Karomuster ihrer Bluse.
Die Tür war zugeschlossen und als wäre es nichts, holte Marie aus und trat sie ein. Sofort schlug ihr der Geruch entgegen, sofort fiel es ihr schwer, klar und bei Bewusstsein zu bleiben. Atmen.
Der Tisch stand anders, bei ihnen hatte er seinen Platz nie in der Mitte des Raumes, und ihr Stuhl lag auf dem Boden, umgefallen, vielleicht weil jemand zu schnell aufgestanden war. Vielleicht Lisa, als sie das Haus nicht verkauft hatte. Marie erinnerte sich an ihre Worte, wie durch Nebel zwar, aber in ihrer Bedeutung klar. Langsam ging sie auf die Ecke zu. An der Wand hingen Pläne von Haus und Garten, und Marie dachte, wie albern, als könnte man das Blut verdecken. Das Rot grollte lauter.
»Hey«, sagte sie, »hier bin ich.« Wie ein pfeifender Wind grollte es um sie herum, unsichtbar noch,

aber anwesend in seiner ganzen Wucht. Marie ging zu der Ecke, in der sie damals vergeblich Schutz gesucht hatte, setzte sich und zog die Beine nah an den Körper. »Und jetzt? Was machst du jetzt?«

Das Grollen ging in Brüllen über, die Lautstärke übertönte alles und tat in den Ohren weh. Aber das kannte Marie schon. Dann plötzlich sah sie es, tauchte es wie aus dem Nichts auf, sammelte sich zu diesem riesigen wabernden Gebilde, genau wie damals, genau wie an diesem Tag, kam auf sie zu. Instinktiv drückte Marie sich tiefer in die Ecke, fühlte ihn wieder, diesen Fluchtinstinkt, diesen verzweifelten Versuch wegzukommen, irgendwie zu entwischen, vorne das Rot, hinten die Wand. Es brüllte so laut, dass Marie nichts mehr sehen konnte, nur noch hören. Sie schloss die Augen.

»Tanz, Marie, tanz, Marie, tanz durch die Nacht. Tanz, Marie, tanz Marie, bis um halb acht. Wenn sie tanzen, tanzen kann, fängt das Fest der Farben an. Wenn sie tanzen, tanzen kann, fängt die Freude an ...« Mamas Stimme ist wie ihr Lachen, hell und klar. Als sie das Verhängnis in der Tür stehen sieht mit dem kalten, grauen Blick, hört sie auf zu singen und die Stille ist Gefahr. Sie nimmt Maries Hand, aber das Verhängnis ist schneller als eine Katze, reißt Mama von ihr los und zerrt sie ins Haus. Marie schreit, versucht zu erklären, alle Schuld auf sich zu nehmen. Sie hat Mama überredet, auf das Stadtfest zu

gehen, sie hat das Kleid ausgesucht und sie wollte noch mit ihr in den Wald, wirklich, Mama wäre ganz still zu Hause geblieben, so wie das Verhängnis es gerne mochte. Es beachtet sie gar nicht, schubst Mama so, dass sie auf den Boden knallt, packt sie am Kopf, greift in ihre Locken und zerrt sie über den Boden, schlägt sie ins Gesicht. Von Mama ist nichts zu hören, kein Mucks und das macht es noch wütender. Blut läuft ihr aus der Nase und aus einer Platzwunde am Kopf, sie versucht nur den Druck von ihren Haaren zu nehmen, hält sie fest. Es schlägt noch mal zu.

Marie schreit, es soll aufhören, sie springt ihm auf den Rücken, prügelt auf es ein, aber es schüttelt sie ab wie ein lästiges Nichts, schleudert sie fort mit all seiner Wut und Kraft. Sie knallt gegen die Wand, es wird schwarz vor ihren Augen, sie hält sich den Kopf, versucht wieder ein Bild zu bekommen, hört die stillen Tritte und Schläge und sieht plötzlich, dass es den goldenen Pokal in der Hand hat, den Marie in der Turnmeisterschaft gewonnen hat und der ihm schon immer ein Dorn im Auge war. Es holt damit aus, redet plötzlich. Weil es weiß nicht mehr, was es mit Mama noch machen soll, es kann ja sagen, was es will, es kann nur das Beste für sie wollen, sie hört einfach nicht. Es weiß nicht, womit es das verdient hat, und es macht es wirklich, wirklich traurig und wütend. Es lässt sich so was nicht gefallen, sie weiß wohl nicht, mit wem sie es zu tun hat. Mama hält sich schützend die Hände vors Gesicht, sie kann sich kaum noch bewegen, kann nicht ausweichen, flüstert nur noch »Herrmann, bitte!« und auf einmal hat Marie das Messer in der Hand, das mit der großen scharfen Klinge, das es einmal die Woche sorgfältig schleift, und das mit keinem anderen Messer in der Schublade liegen darf, um sich nicht abzuwetzen. Sie sieht, wie es ausholt zum Schlag, sie weiß, dass es Mama einfach den Kopf einschlagen wird, und sie sticht auf es ein, damit es aufhört. Das Messer dringt tief in seinen Rücken und das Verhängnis hält beinahe erstaunt inne, wendet sich ihr zu, will auf sie losgehen. Marie sticht wieder zu und wieder und wieder. Sie hört überhaupt nicht mehr damit auf. Überall ist das Rot, überall Blut, das Messer glitscht in ihren Händen, es spritzt ihr in die Augen, sie sieht nichts, sticht immer weiter auf es ein, bis plötzlich Mamas Stimme sagt: »Marie, Mariechen, es ist gut. Hör auf, Marie.«

Sie sitzt in der Ecke des Zimmers. Sie zittert, es ist kalt auf einmal. Sie drückt sich immer tiefer hinein in die Ecke, zieht die Beine an und macht sich ganz klein. Das Grollen wird lauter, das Rot wird größer, füllt alles aus und dann brüllt es.

Jori stand draußen im Garten bereit. Mittendrin, ohne sich anzulehnen, bereit zum Sprung, einzugreifen. Wie lange war Marie da jetzt schon drin? Sie hatte kein Licht angemacht und es war kein Laut zu hören. Totenstille. Sollte er hineingehen, einfach nicht auf sie hören? Aber dann würde er vielleicht alles kaputt machen, alles, was sie sich davon erwartete, Erlösung, Befreiung.

Er hatte das Gefühl, als würde es heller werden, der Himmel trug ein komisches Licht. Er könnte ja wenigstens mal durchs Fenster schauen, das würde Marie ja nicht merken? Aber das fühlte sich wie ein Vertrauensbruch an, wenn er täte, was sie tat, würde er auch nicht wollen, dass ihn dabei jemand heimlich beobachtete.

Plötzlich durchbrach ein Motorengeräusch die Stille, ein Auto hielt und die Schwester stieg mit einem Typen aus.

»Jori!« Sie kam zu ihm gerannt. »Wo ist Marie?« Jori deutete mit dem Kopf Richtung Haus. Sie starrte ihn an, dann das Haus, dann wieder ihn, während der Typ dazukam und versuchte Ruhe auszustrahlen.

»Ist das das Haus, Lisa?«

Die nickte und er sagte Jori, dass er Paul hieß.

»Was macht sie da drin?« Lisa schien die Haltung zu ihrer Schwester vollständig umgedreht zu haben. Sie wirkte aufgelöst, wie aufgeweicht und Jori wunderte sich darüber. Es entsprach nicht seinen Erfahrungen mit Menschen, dass sie ihre Meinung oder Haltung von einem Tag auf den anderen änderten, möglicherweise sogar, weil sie über die Angelegenheit nachgedacht hatten. Sie schüttelte ihn.

»Jori, was macht sie da drin? Und warum bist du

hier draußen? Wie kannst du sie alleine da reingehen lassen?«

Paul hielt sie fest, wollte sie beruhigen. »Dann gehen wir doch, Lisa, komm, wir schauen nach deiner Schwester.«

Jori schüttelte den Kopf. »Sie braucht Zeit allein, sie hat gesagt, sie möchte alleine sein.«

Lisa hielt Paul zurück, der schon, die schnellen Lösungen gewohnt, auf das Haus zustapfte. »Vielleicht sollten wir einmal auf sie hören? Warte noch.«

Paul blieb stehen und steckte die Hände in die Hosentaschen. Jori merkte deutlich, dass ihm das Warten nicht recht war, schaute noch einmal zum Haus, in dem sich absolut nichts rührte und versuchte dann abzulenken.

»Woher wusstet ihr, dass wir hier sind?«

Lisa verstand, was er vorhatte, und stieg darauf ein. »Wir waren bei dieser Liliane, angeblich eine Freundin von Marie und an der sogenannten Entführung beteiligt.«

Jori grinste. Na, da werden sie wohl nicht viel erfahren haben.

»Aber aus der war kein Wort rauszukriegen, sie hat nämlich überhaupt keine Ahnung von nüscht, wie sie es ausdrückt.«

Paul schüttelte den Kopf und schaute unruhig Richtung Haus. Lisa versuchte ihn nicht zu beachten, steckte nur ihre Hand zu seiner in die Hosentasche. »Na ja, dann kam nur noch ihr Baum infrage oder eben hier.«

Jori nickte. »Sie ist eine sehr gute Freundin von Marie.« Er kreuzte die Finger. »Keine angebliche!«

»Aber sie ist ... sie ist ein bisschen ...!«

»Anders.«

Die Gartentür wurde aufgestoßen und Elena Schmitt kam über den zugewucherten Weg eilig auf sie zugestöckelt. Pock, pock, machten ihre Absätze und Lisa drehte sich alarmiert zu ihr um.

Sie wollte sofort alles wissen, quetschte Jori aus, ließ ihm kaum Zeit zu antworten, und wollte dann, so wie eigentlich sie alle, sofort in dieses Haus laufen und nach Marie schauen oder ihr zur Seite stehen. Und eine Schmitt ließ sich nicht so leicht aufhalten wie Paul. Alle redeten durcheinander und auf sie ein, Fürs und Widers flogen hin und her, jeder versuchte den anderen zu übertönen, ein heilloses Durcheinander, das nie zu einem Ergebnis geführt hätte, wäre da nicht plötzlich dieses Geräusch gewesen. Es war nur ganz leise und nur kurz, trotzdem hatte es die Kraft alles zu durchdringen und alle zum Verstummen zu bringen.

Marie stand in der Haustür. Sie sah aus wie ein Geist, was einerseits daran lag, dass gerade die Sonne hinter den Bäumen auftauchte, andererseits an der Blässe in ihrem Gesicht. Sie schwankte leicht hin und her, blinzelte verwundert in die erstarrte Runde, versuchte zu lächeln, schwankte wieder und hielt sich am Türrahmen fest. Da lief Lisa los.

»Marie!« Die seufzte noch einmal und Lisa konnte sie gerade noch auffangen, als sie einfach zusammensackte. Maries Kopf lag auf ihrem Schoß, ihre Augen waren trotz fehlender Körperspannung hell und klar, und während die anderen einen Krankenwagen riefen und sonst alles organisierten, von dem sie glaubten, dass es Marie guttun würde, schauten sich die Schwestern in die Augen und vertrugen sich, ohne um Verzeihung bitten zu müssen.

»Wo ist Jori?«, flüsterte Marie schwach, und der stand sofort da, weil er nur darauf gewartet hatte. Marie lächelte ihn an. »Danke!«

Jori kniff die Lippen zusammen. Das konnte sie ja sagen, aber er wollte doch auch gerne wissen, was da drinnen passiert und wie der Stand der Dinge war. Nicht, dass er es nicht getan hätte, aber er wollte sie nicht gleich wieder aus dem nächsten Krankenhaus befreien. »Was ... also, wie ...?«

Lisa strich Marie die verschwitzten Haare aus dem Gesicht und warf Jori einen Blick zu. Lass ihr Zeit, sollte der sagen, warte, bis sie es von selber sagt.

Marie schloss die Augen. »Ich war es. Ich habe Herrmann umgebracht!« In diesem Moment fielen die ersten Schneeflocken dieses Jahres.

15

Marie sitzt in ihrem Nest in Heimatbaum und zieht die Schuhe aus. Endlich ist es warm genug, um sie endgültig zurück ins Kistenregal zu stellen. Und so wird dieser besondere Tag noch besonderer.

Hat sie alles? Das Geschenk für Baby, eine Kette aus hellgrünen, jungen Blättern und Knospen, symbolisch gemeint für: Wünsche dir viel Spaß beim groß und stark werden, beim Erblühen und Früchte tragen. Den Korb mit Walderdbeeren, eigenhändig gesammelt und einen Strauß Blumen für Lilli. Schließlich war es sehr nett von ihr, ihnen allen den Raum zu geben, den nun mal nur sie hatte und den sie brauchten, weil sie auf einmal viele waren.

»Was guckst du so?«, sagt sie in die Luft, damit Eichhorn sich nicht erschreckt. »Heute bin ich eingeladen.« Sie angelt ein paar Erdbeeren aus dem Korb und legt sie ihm hin. »Wünsche guten Appetit.«

Dann klettert sie über die Bäume zu Lilli, die sich

gerade damit abmüht, den großen Holztisch vor das Panoramafenster in den Garten zu stellen.

»Hey, warte doch, ich helfe dir.« Marie springt zu ihr auf die Wiese und sie wuchten den Tisch gemeinsam an seinen Platz.

»Jetzt müssen wir ihn nur noch decken.« Lilli mustert den Tisch kritisch, zählt die Plätze durch, während Marie Wasser in einen Blecheimer laufen lässt, die Blumen hineinstellt und auf dem Tisch drapiert. »Von allem sechs«, befiehlt Lilli mit erhobenem Zeigefinger und stapft gefolgt von Marie in die Küche. »Das Baby braucht ja wohl noch keinen Platz. Wie heißt es noch gleich?«

»Sibylle, erstaunlich, oder?«

»Warum? Gibt ja auch welche, die Liliane heißen oder Marie.«

Die mit diesem Namen lacht. »Das stimmt. Aber sie wird auf jeden Fall die Einzige im Kindergarten sein, die so heißt.«

»Es ist nie verkehrt, die Einzige in etwas zu sein. Schau dich an!« Sie verteilen Teller, Gläser und Besteck und Marie hüpft und springt durch den Garten, sucht und findet vierblättrige Kleeblätter und ordnet jedem Platz eines zu.

»Du hast ziemlich viel Glück im Garten, Lilli.«

»Ach was, die Dinger habe ich gepflanzt. Konnte man extra so kaufen, hab gedacht, das schadet nicht, weil jeder ist seines Glückes Schmied und so. Oh, oh, der Kuchen muss raus.« Sie saust in die Küche und Marie fängt gerade an darüber nachzudenken, ob gekauftes Glück genauso gültig ist, wie echtes und wie viel wohl so ein Glück kostet oder wert ist, da ertönt die bekannte Fahrradklingel und Mama fährt in einem ihrer bunten Sommerkleider vor.

»Hey Marie«, ruft sie, schwingt sich vom Rad, lässt es einfach fallen und bringt in ihrer riesigen Handtasche aus Leopardenfellstoff mit großen, bunten Perlen als Knöpfe und einem Henkel, der früher ein Gürtel war, Gemüse aus ihrem Garten mit. Küsschen für Marie, dann wird alles auf dem Tisch ausgebreitet, Radieschen und Feldsalat, junge Möhren und kleine Kohlrabi.

»Es ist wirklich Wahnsinn, wie das dieses Jahr alles wächst und gedeiht, als wäre es Zeit, weißt du, was ich meine, Zeit dafür mit aller Macht aus dem Boden und ans Licht zu kommen. Ist ja auch erst so spät warm geworden.« Sie lächelt leicht. »Aber lieber spät, als nie.«

»Und du hast kein komisches Gefühl dabei?«

»In unserem Garten nach dem Rechten zu sehen? Nee, ich kann es einfach nicht aushalten, das alles verkommen zu lassen, das ist doch Verschwendung, ich meine, dafür ist es doch da.«

»Ich weiß nicht, ob ich das könnte«, sagt Marie leise und lehnt sich an den Tisch.

Mama beißt in eine Karotte, gibt sie an Marie weiter und schaut ihr in die Augen. »Du kannst es ja mal versuchen!«

Marie zuckt mit den Schultern. Vielleicht lieber nicht? Hinter dem Garten steht das Haus und das ist nun mal immer noch das, in dem Herrmann gestorben ist. Weil sie ihn erstochen hat.

Mama lehnt sich neben sie. »Es ist ganz still. Das Haus meine ich. Da ist nichts mehr, was wir zu fürchten hätten. Ich habe es ausprobiert.«

Marie schaut sie erschrocken an. »Bist du reingegangen? Wir wollten doch nicht mehr ...«

»Nein, nein, ich war nicht drinnen. Wie auch, wenn der Schlüssel mit dem Bach in den Fluss und mit dem Fluss ins Meer geschwommen ist.«

Marie stößt sie in die Seite. »Als ob du nicht durchs Fenster klettern könntest.«

»Warum sollte ich, nein, das macht keinen Sinn, auch ich will da nie wieder sein. Aber ich bin ganz nah dran gegangen. Es war still.« Sie lacht auf. Simsalabimlachen, fast wie früher. »Einmal habe ich einen Klumpen Erde an die Hauswand geworfen. Selbst da hat es sich nicht gemuckst.«

Marie nickt. »Vielleicht komme ich dich mal im Garten besuchen. Irgendwann.«

»Vielleicht machst du das.«

In diesem Moment taucht Lilli mit einer riesigen Torte auf. Sie hat mehrere Stockwerke und ist mit rosafarbenem Marzipan überzogen.

»Tatatata. Für Sibylle! Ein Mädchen, klar, rosa!«
Marie und Mama klatschen begeistert.

Lilli ist vom kleinsten Kuchen zum größten übergegangen. Das liegt daran, dass sie nicht mehr so oft allein ist und sich derart geübt hat im Backen, dass die Gemeinde beschlossen hat, sie in die Liste der örtlichen Sehenswürdigkeiten aufzunehmen. Seitdem machen viele Touristen bei Lilli halt, genießen ihren Kuchen und nehmen meistens sogar noch ein Stück mit nach Hause. Lilli hat alle Hände voll zu tun, vor allem seit Frühling ist, und so viel Gesellschaft, dass sie sich manchmal nach ihrem alten Alleinsein sehnt. Dann flüchtet sie zu Marie in den Wald und sie lauschen gemeinsam der Stille. Dann ist »Lillis Tortenstube« geschlossen, Pech gehabt.

Mama stößt Marie an, »Sibylle!«, und sie grinsen beide. Irgendwie typisch Lisa, und als hätte sie es gehört, biegt ihr Auto mit Mann und Maus und Jori beladen wie immer viel zu schnell scheppernd um die Ecke. Das Scheppern kommt von den Dosen, die seit der Hochzeit hinten dranhängen. Lisa glaubt, es bringt Unglück, wenn man sie abmacht, und das ist wiederum untypisch, Lisa war noch nie abergläubisch.

Marie und Lilli laufen zum Auto, weil sie Sibylle das erste Mal sehen und die liegt winzig klein in einem Kindersitz und die Mütze ist ihr über die Augen gerutscht. Lisa ist stolz und sieht irgendwie ganz anders aus, und während Paul Sibylle, eine riesige Tasche mit Babyzeug und eine Kühlbox mit Getränken zum Tisch trägt, hängt sich Lisa bei Mama ein, will wissen, wie es sich anfühlt, Oma zu sein und erklärt, dass der Name Sibylle »Seherin« bedeutet und sie ihn deswegen gewählt hat, was sich sicher schon alle gefragt haben, weil jeder fragt. Lisa möchte ein sehendes Kind. Und Paul auch.

»Und da macht es auch nichts, wenn ihr die Mütze über die Augen rutscht, denn Seherinnen sehen auch ohne zu sehen«, erklärt Jori Marie und verdreht die Augen. Das hat er sich wohl auf der Fahrt anhören müssen.

Sie nimmt seine Hand. »Wenn Lisa glücklich ist. Wie war die Fahrt sonst?«

»Lebensgefährlich, dafür aber viel kürzer als sonst.«

Joris Eltern haben sich nach dem Desaster mit dem Haus eine andere Stadt ausgesucht. Sein Vater ist zu der Überzeugung gelangt, dass diese Bäumestadt voll mit Verrückten ist und sie da definitiv nicht hingehörten. Die Mutter meinte, sie hätte es ja gleich gesagt, oder Olli, und Jori musste wieder mit, obwohl er als Einziger seine Meinung geändert hatte. Das hat er gelernt. Er wäre gerne bei Marie geblieben, das hätte ihm gereicht, mehr brauchte er nicht. So oft er kann, ist er bei ihr und sie wohnen in Heimatbaum. Marie bringt ihm das Klettern bei, zeigt ihm Wege über Äste und Stämme, und es geht schon viel besser.

Alle bestaunen den wunderschön gedeckten Tisch, die Wahnsinnstorte, Lilli hat sich selbst übertroffen und Paul bringt sie zum Lachen, weil er das Glück isst, das neben seinem Teller liegt.

»Achtung, ein Käfer«, warnt Jori und rettet ihn, bevor Paul das Kleeblatt in den Mund steckt. Natürlich steht erst Sibylle im Mittelpunkt, weil sie neu ist, das aber gar nicht merkt beim unter der Mütze schlafen, und alle alles über die Geburt und das Leben mit ihr wissen wollen. Aber dann, nach dem ersten Anstoßen, wird alles normal, als wäre Sibylle immer da gewesen. Lilli erzählt von einer Tortenbestellung aus China, als ob sie da hinliefern würde, das weiß doch jeder, dass die sich gleich alles abgucken und dann ihre Rezepte klauen und ihr das Geschäft versauen. Dann schneidet sie die Torte an und freut sich, weil alle kurz still sind beim Probieren. Mama hat sich für ihre kleine Wohnung durchsichtige Gardinen gekauft, was Lisa unlogisch findet, da braucht man ja eigentlich gar keine.

»Na ja, aber dann sehe ich immer noch, wenn Marie draußen im Baum ist«, erklärt Mama.

Lisa schaut Marie an, die ganz normal auf einem Stuhl sitzt, mit den Füßen auf dem Boden. »Ich dachte, es ist weg?«

Marie nickt mit dem Mund voll Torte. Meistens

glaubt sie auch daran. Manchmal zuckt sie zusammen und geht instinktiv in Abwehrhaltung, wenn sie es grollen hört, aber dann ist es nur ein nahender Donner, ein Laster, der Kies ablädt, oder eine Mülltonne, die in den Wagen geschüttet wird. Es ist weg, seit Marie die Wahrheit gesehen und gesagt hat. Seit sie bei der Polizei war und Mama aus dem Gefängnis gekommen ist. Weil sie unschuldig war und die ganze Zeit nur Marie geschützt hat.

Es hat eine Zeit gedauert, bis Marie überhaupt bemerkt hat, dass es nicht mehr da war. Es war so gewohnt, immer von Gefahr umgeben. Vorsichtig hat sie es ausprobiert. In geschlossenen Räumen wie bei der Polizei, im Gericht und schließlich bei einer Therapeutin, die ihr helfen sollte, das Erlebte zu verarbeiten, mit der Erkenntnis zu leben, dass sie jemanden umgebracht hatte. Es tauchte nicht auf, muckste sich nicht. Da war auf einmal alles ganz leicht, auch weil Mama wieder da war und Elena alles für sie geregelt hat. Sie hat sich nicht gedrückt, sich ihren Platz zurückgeholt und ihren besonderen Fall, wie Marie alle nannten, wieder übernommen. Voll und ganz und wie es ihre Art war.

»Es ist weg, aber ich bin so gerne in den Bäumen.«

Jori legt einen Arm um sie, als müsste er sie beschützen. »Es tut gut, den Boden nicht zu berühren. Plötzlich hat man eine ganz andere Sicht!«

»Und ich weiß auch schon, wer ziemlich früh

ziemlich gut klettern können wird«, wirft Paul ein und schaukelt Sibylle, die sich aber erst noch ins Leben schlafen muss.

So geht es immer weiter, sie essen und reden und sind ganz normale Leute in einem ganz normalen Garten. Als Franz mit seinem Kofferplattenspieler und ohne Schnauzer vorbeikommt, um mit Mama zum Wunderlied zu tanzen und mit seinen geschwungenen Lippen mitzupfeifen, machen sich Jori und Marie aus dem Staub. Sie kuscheln sich in das Nest von Heimatbaum, lassen die nackten Füße rausbaumeln und sie werden nicht kalt.

»Ich glaube, Taube kriegt auch Kinder«, flüstert Marie, »sie lässt sich gar nicht mehr blicken. Deswegen, die brütet was aus.«

»Oder sie ist eingeschnappt? Hast du mit ihr geschimpft, weil sie deine Briefe nicht überbracht hat?«

»Davon weiß ich nichts. Und ich meine, wie hätte sie denn bitte wissen können, wo sie hinfliegen soll?«

Jori küsst ihr Ohr. »Stimmt. Das konnte sie nicht wissen. Hab ich dir erzählt, dass Tim mir seine Maschine verkauft? Ich hab ihn schon fast so weit. Dann kann ich auch mal unter der Woche zu dir kommen.«

Sein Bauch fühlt sich warm und weich an. Marie legt ihren Kopf darauf und lauscht in die Nacht. »Hörst du, wie still es ist?«

EINE BERÜHRENDE GESCHICHTE ÜBER EINE BESONDERE FREUNDSCHAFT

Antonia Michaelis
Weil wir träumten

448 Seiten · Gebunden
ISBN 978-3-522-20277-0

Madagaskar mit seinen Traumstränden, exotischen Tieren und Blütenmeeren – das reinste Paradies für Emma! Hier kann sie endlich all die Einschränkungen vergessen, die ihre Herzkrankheit mit sich bringt. Doch als Emma die Madegassin Fy kennenlernt, erfährt sie von Armut, Gewalt und einem schrecklichen Geheimnis, den Schattenseiten des Paradieses.

Lieblingsbücher fürs Leben.
www.thienemann-esslinger.de

SO ECHT WIE DAS LEBEN

Marie Pavlenko

Die Kirsche auf der Torte aller Katastrophen

416 Seiten · Gebunden
ISBN 978-3-522-20270-1

Abitur in Sicht! Noch nie war Deborahs Leben so voller Chaos wie jetzt. Während ihre beste Freundin Schlag bei den Jungs hat, fühlt sie sich hässlich und ungeliebt. Ihr Herz schlägt für Victor, aber der sieht sie nur als Kumpel. Doch das Schlimmste ist, dass ihre Mutter immer mehr in sich selbst verschwindet und ihr Vater eine andere Frau küsst. Eins steht fest: Es braucht Freunde, Mut und viel Humor, um die Wolken wegzudrücken, die sich da so hartnäckig vor die Sonne schieben.

Lieblingsbücher fürs Leben.
www.thienemann-esslinger.de